DANIELA HÜMBELI

Mein Kampf zurück

VINDOBONA

VERLAG · SEIT 1946

Bibliografische Information
der Deutschen Nationalbibliothek:

Die Deutsche Nationalbibliothek
verzeichnet diese Publikation in
der Deutschen Nationalbibliografie.
Detaillierte bibliografische Daten
sind im Internet über
http://www.d-nb.de abrufbar.

www.vindobonaverlag.com

© 2024 Vindobona Verlag

ISBN 978-3-903574-13-7
Lektorat: Kristina Steiner
Umschlagfotos: Daniela Hümbeli;
Larichev89 | Dreamstime.com
Umschlaggestaltung, Layout & Satz:
Vindobona Verlag

Gedruckt in der Europäischen Union
auf umweltfreundlichem, chlor- und
säurefrei gebleichtem Papier.

Shila und ich galoppieren über eine saftig grüne Wiese. Einige gelbe Löwenzahnblumen beginnen schon aufzuwachen. Ich rieche das frische Gras. Die ersten morgendlichen Sonnenstrahlen streicheln mein Gesicht. Es tut unwahrscheinlich gut, die frische Luft des frühen Morgens einzuatmen, und ich genieße das körperliche Zusammenspiel von meinem Pferd und mir. Schon zehn Jahre bereichert Shila mein Leben. Seit ich sie damals gekauft habe, haben wir schon so vieles zusammen erlebt. Wir hatten viele schöne Stunden, aber auch einige Verständigungsprobleme miteinander. Jetzt gerade ist es einfach nur schön. Wir haben gelernt, miteinander zu kommunizieren, und es ist, als wären wir eins. Genüsslich sauge ich dieses wundervolle Gefühl in mir auf. Gemeinsam schweben wir dahin.

Ich wache auf. Es war ein schöner Traum, so friedlich. Mein Kopf fühlt sich etwas schwummrig an, als wäre ich gestern zu lange unterwegs gewesen. Was war gestern? Es fällt mir nicht ein. Auf einmal bemerke ich erschrocken, dass ich in einem fremden Zimmer liege und stehe sofort auf. Meine Beine halten mich nicht, und ich falle unsanft zu Boden. In meinem Kopf dreht sich alles. Verwirrt versuche ich, mich wieder aufzurappeln, doch der Versuch misslingt. Ein junger Mann kommt eilig auf mich zu. Bis jetzt habe ich ihn noch gar nicht bemerkt. Er ist süß und kommt mir irgendwie bekannt vor. „Schatz geht es dir gut? Warte, ich helfe dir!" Perplex sehe ich ihn an. Tausend Fragen schießen mir durch den Kopf. Was ist hier los? Wer ist das? Wie hat er mich genannt? Er hilft mir wieder ins Bett, und als könnte er meine Gedanken lesen, fängt mein hübscher Helfer zu erzählen an. „Du hattest einen schweren Unfall. Du bist im Koma gelegen und kannst deshalb deine Beine nicht richtig bewegen. Leider ist dein Gedächtnis auch in Mitleidenschaft gezogen worden, und du kannst dich an das alles gar nicht erinnern." Erschrocken bleibe ich starr liegen. Anscheinend bin ich doch noch nicht wach und habe einen Albtraum.

Ich wache auf. Mein Kopf fühlt sich seltsam an, und ich kann keinen klaren Gedanken fassen. Welcher Tag ist heute? Total verwirrt sehe ich mich in einem fremden Zimmer um. Was mache ich hier? Fast fluchtartig versuche ich aufzustehen, nur um zu bemerken, dass ich in einem Bett mit Gittern an der Seite liege. Wieso bin ich eingesperrt? Panisch klettere ich über das Gitter und falle sofort zu Boden. Autsch, mein Ellenbogen. Was ist hier nur los? Ein Pfeifton erklingt, und wenig später betritt eine junge Frau das Zimmer. „Das Sturzgitter hat seinen Zweck wohl nicht erfüllt, was?", sagt sie spöttisch und hilft mir hoch. Verwirrt und ängstlich schaue ich in ihre blauen Augen. Sie drückt mich ein wenig unsanft in das Gitterbett zurück. Sichtlich genervt, und wohl unter Zeitdruck, erklärt sie mir in kurzen Sätzen, dass ich wohl einen Unfall hatte, halbseitig gelähmt bin und mein Gedächtnis verloren habe. Ich starre sie nur wortlos an. Sie bittet mich eindringlich, nicht mehr aufzustehen, und verlässt das Zimmer eilig wieder. Total überwältigt von den Ereignissen der letzten Minuten liege ich da. Eigentlich möchte ich meinen schmerzenden Ellbogen drücken, doch mein anderer Arm lässt sich nicht bewegen. Wieder macht sich Panik in mir breit. Konzentriert auf meine Atmung versuche ich, mich zu beruhigen. Die Panik legt sich, und ich atme immer ruhiger. Mein Kopf fühlt sich an wie ein Karussell.

Ich öffne meine Augen und bin in einem total fremden Zimmer. Erschrocken bemerke ich das Gitter an meinem Bett. Wo bin ich hier? Am Boden bemerke ich eine Matte, die mich etwas beunruhigt. Umständlich klettere ich über das Gitter. Vorsichtig lasse ich mich vom Bett auf den Boden plumpsen. Was ist nur mit meinem Körper los? Alles bewegt sich so schwerfällig. Wie in mir selbst gefangen, versuche ich, das Zimmer zu verlassen. Nur mühsam kann ich mich auf dem Boden liegend zur Tür schleppen. Es gelingt mir allerdings nicht, den Türgriff zu erreichen. Eingeschüchtert von dieser seltsamen Situation und total hilflos verkrieche ich mich in eine Ecke und fange zu weinen an. Ein junger Mann betritt das Zimmer, und seine Augen sind angsterfüllt, als er das leere Bett anstarrt. Sein suchender Blick fällt auf mich, und er stürzt zu mir hinunter. „Schatz! Was machst du denn da?" Total verwirrt und eingeschüchtert sehe ich ihn an. Mein Versuch, ihn abzuwehren, misslingt, weil ich überhaupt keine Kraft habe. Und auch, weil ich es nur halbherzig versuche. Er vermittelt mir irgendwie ein Gefühl der Geborgenheit, und er sieht wirklich nett aus. Habe ich ihn schon einmal gesehen? Wie gelähmt, lasse ich mir von ihm wieder ins Bett helfen. Sanft zieht er die Decke über mich.

Ich wache auf. Noch schlaftrunken höre ich zwei Stimmen, die sich nahe bei mir unterhalten. „Sie klettert immer wieder über das Gitter. Wir wissen bald nicht mehr weiter, sie könnte sich verletzen", sagt die weibliche Stimme etwas verärgert. „Dann werde ich von nun an hierbleiben, wenn sie das nicht geregelt bekommen", meint nun eine männliche Stimme ziemlich wütend. Ich spüre eine Hand an meinem Arm und reiße erschrocken die Augen auf. „Hallo Schatz, ich bin bei dir", sagt die männliche Stimme aus meinem Traum von vorhin beruhigend, und ich sehe verwirrt in ein hübsches Gesicht. Kenne ich ihn? „Komm, ich helfe dir auf." Etwas benommen, lasse ich mir von dem Fremden aus dem Bett helfen. Das Ganze kommt mir ziemlich seltsam vor, und ich kichere albern. Verdutzt sieht mich der Fremde an und lächelt. „Du lachst", sagt er mit hoffnungsvollem Blick. Ich versuche, ihm zu antworten, doch meine Lippen bewegen sich nicht. Tränen schießen mir in die Augen. Der nette junge Mann nimmt mich fest in seine Arme und tröstet mich. Was ist hier nur los? Ich fühle mich seltsam verloren und gleichzeitig geborgen.

Ich wache auf und fühle mich schlecht. Mein Bauch fühlt sich sorgenschwer an, doch ich kann mir nicht erklären weshalb. Grübelnd öffne ich meine Augen und erschrecke. Dieser

Raum ist mir fremd und kommt mir doch seltsam bekannt vor. Wo bin ich? War ich hier schon einmal? Und wieso bin ich nicht zu Hause? Tausend Fragen schießen durch meinen Kopf. Argwöhnisch scanne ich das Zimmer mit meinem Blick. Da fällt mir der junge Mann neben mir auf dem Boden auf. Mit angehaltenem Atem versuche ich aus dem Bett zu kommen, ohne dass ich den Mann berühre. In diesem Moment schlägt er die Augen auf, und ich fühle mich ertappt. „Gut, dass ich hier bin, Schatz. Versuchst du schon wieder zu flüchten?", sagt er mit einer von Ironie triefenden Stimme. Etwas desorientiert lächle ich ihn schüchtern an. „Komm, wir gehen in die Cafeteria", meint er und steht auf. Bevor ich es ihm gleichtun kann, entfernt er das Gitter vom Bett. Dann packt er mich am Arm und um die Hüften und bringt mich zu einem Rollstuhl. Erstaunt lasse ich mich in den Stuhl setzen und starre fragend in sein Gesicht. „Ich erzähle es dir unterwegs." Er zwinkert mir zu. In der Cafeteria angekommen bestellt er für mich einen Kaffee, genau wie ich ihn gerne trinke, und ich bin ziemlich erstaunt darüber. Er scheint mich gut zu kennen, doch ich weiß nicht genau wohin mit diesem Gesicht. Kurz erzählt er mir von einem Unfall, den ich wohl hatte, und einige Anekdoten der letzten beiden Wochen. Entsetzt lausche ich seiner Stimme, doch ich bin zu müde, um etwas zu erwidern. Genüsslich nippe ich an meinem Kaffee und lasse mich danach wieder zurück ins Bett bringen.

Wie durch Wolken vernebelt, nehme ich meine Umgebung wahr. Drei meiner besten Freunde sitzen um mich herum. Die hübsche Blonde kenne ich noch aus Kindertagen, wir gingen gemeinsam zur Schule. Der junge Kerl mit dem gepflegten Dreitagebart und den süßen Grübchen ist ihr Freund. Zu meiner Rechten sitzt meine schwarzhaarige Schwägerin. Meine Schwägerin? Bin ich verheiratet? Seltsam, ich kenne von niemandem hier den Namen. Nervös sehe ich mich um. Wir sitzen in einem hübschen Garten an einem Steintisch, der mir bekannt vorkommt. War ich schon einmal hier? Alles kommt mir seltsam vor, und ich möchte aufstehen, doch es geht nicht. Meine Beine bewegen sich nicht richtig, und das macht mich nervös. Ein hübscher junger Mann, mit einem schwer beladenen Tablett, kommt auf uns zu. Er muss mir angesehen haben, wie verwirrt ich mich fühle, und setzt sich neben mich. „Hallo Schatz, sind die fünf Minuten wieder um, was?" Alle anderen schmunzeln ein wenig belustigt und auch ein wenig besorgt. Besorgnis sehe ich auch auf dem Gesicht des jungen Mannes. „Du hattest einen schweren Unfall und warst im Koma. Deshalb ist dein Gedächtnis noch etwas verwirrt." Was? Du meine Güte, was ist hier nur los? Ich möchte davonlaufen, doch das kann ich ja nicht. Die friedliche Stimmung in meinem schönen Traum von meinen Freunden ist einem Albtraum gewichen.

Ich wache auf. Wieso liegt meine Matratze auf dem Boden? Ich schaue mich um und erkenne an der Wand einige Bilder meiner liebsten. Da sind meine Freunde und meine Familie auf einigen Bildern zu sehen, und auch meine geliebten Tiere sind abgebildet. Der Hund, der mich seit 14 Jahren stets begleitet, und das hübsche dunkle Friesenpferd, mit der wallenden Mähne. Wie schön sie ist. Eine wohlige Wärme erfasst mein Innerstes beim Anblick der Fotos. Doch das hier ist nicht mein Zuhause. Verwirrt sehe ich mich um und versuche aufzustehen, doch es will nicht klappen. Mein rechtes Bein lässt sich nicht anheben, und auch mit meinem rechten Arm scheint etwas nicht zu stimmen. Schon beinahe panisch zapple ich umher, und ein junger Mann kommt auf mich zugeeilt. Wo kommt er auf einmal her? War er schon die ganze Zeit hier? In diesem Zimmer, das ich nicht kenne? Er kommt mir irgendwie bekannt vor. „Schatz bist du aufgewacht? Musst du zur Toilette?" Bitte was? Was interessiert ihn das? „Komm, ich helfe dir!" Niemals! Auf die Toilette kann ich ja wohl noch allein gehen, ich bin doch kein kleines Kind mehr! Zorn und Verzweiflung machen sich in mir breit. Hastig versuche ich, wieder auf die Beine zu kommen, doch es klappt einfach nicht. Was ist das bloß für ein Horror hier? Es fühlt sich wie ein Albtraum an. Total benebelt lasse ich mir von ihm aufhelfen. Wie durch eine Wolke hindurch nehme ich wahr, was passiert, doch ich kann es nicht richtig verarbeiten. Tatsächlich benötige ich für den Toilettengang Hilfe, wie peinlich. Als er mich wieder zu meinem Bett führt, schlafe ich sofort ein.

Ich wache auf. Ein junger Mann sitzt bei mir auf dem Boden. Auf dem Boden? Wieso liegt mein Bett auf dem Boden? Wer ist dieser Mann, und wo bin ich? „Hallo Schatz! Heute kommt Besuch für dich. Lucky kommt!" Verwirrt sehe ich ihn an, und er deutet erwartungsvoll auf das Bild an der Wand von meinem besten Freund, meinem Hund. Lucky ... Langsam dämmert es mir. Mein geliebter Lucky kommt zu Besuch! Aber wieso habe ich seinen Namen nicht gleich erkannt und wohin zu Besuch? In meinem Kopf dreht sich alles, und ich bin gleichzeitig total durcheinander und freue mich irrsinnig. Total überwältigt von diesem Gefühlschaos fange ich hemmungslos zu weinen an. Der junge Mann fühlt sich sichtlich hilflos und versucht, mich zu trösten. Laut schluchzend lasse ich mir in den Rollstuhl helfen. Rollstuhl? Das ist alles so wahnsinnig verwirrend hier. Wie in einem schlechten Traum ergebe ich mich meiner Ahnungslosigkeit. Gekonnt schiebt er mich durch einen langen Korridor, und wir begegnen dort sehr vielen Menschen. Es sind alles Fremde, aber trotzdem scheinen sie mich zu kennen. Einige lächeln mir freundlich zu und grüßen mich mit meinem Namen. Mich beschleicht das Gefühl, dass ich mich hier auskenne. Aber hier war ich doch noch nie. Wo sind wir?

Draußen angekommen sehe ich von Weitem meinen Lucky. Er scheint mich nicht richtig zu erkennen. Das schmerzt. Ganz vorsichtig klettert er in meine Nähe auf den Rollstuhl und beginnt leise zu wimmern. Völlig überwältigt von meinen Gefühlen, fange ich wieder zu weinen an. Zwei Leute, die ich kenne, haben Lucky zu mir gebracht. Aber ich kann mich gerade nicht mit ihnen befassen, das ist mir alles zu viel. Ewig weine ich einfach weiter. Einerseits aus endloser Liebe und Glück wegen meines Luckys und andererseits bin ich unglaublich leer. Mein Kopf fühlt sich an wie eine leere Hülle, und alles ist so unwirklich, wie in einem Traum. Nach einer Weile fragt jemand, ob wir uns auf die Terrasse setzen sollen, und ich hebe den Kopf. Es ist der Freund meiner Schulfreundin. Wie hieß sie doch gleich? Es fällt mir nicht ein. Ich blicke beschämt auf meine Knie. Gemeinsam bringen die drei mich zu einem Tisch auf einer hübschen Terrasse. Einiges kommt mir hier bekannt vor, aber ich kann mich nicht erinnern, schon einmal hier gewesen zu sein. Die drei platzieren sich so um den Tisch, dass sie mich im Rollstuhl an die Stirnseite des Tisches schieben können, und Lucky legt seinen Kopf auf meine Knie. So schön. Die Bedienung grüßt uns freundlich und lächelt mir zu, als würden wir uns kennen. Komisch. Die anderen drei bestellen ihre Getränke, und der junge nette Kerl bestellt für mich gleich mit. Er bestellt einen Kaffee, genauso, wie ich ihn bestellen würde, aber ich hätte lieber ein Glas Wasser. Als ich mich einmischen will, kommen nur komische Laute aus meiner Kehle. Ich erstarre. Was war das? Total irritiert und beschämt schaue ich in die Runde. Meine Freundin beginnt mir zu erzählen, dass ich, seit ich im Koma gelegen bin, nicht richtig sprechen kann. Mein Magen krampft sich zusammen, als ich ihr zuhöre, und ich kann kaum noch atmen. Wieso Koma? Ich kann nicht sprechen? Das ist doch alles nur ein schlechter Traum hier, oder?

Ich wache auf. Vor dem Fenster regnet es in Strömen, und das Wasser peitscht gegen die Glasscheibe. Wo bin ich hier? Mein Versuch, aufzustehen, gerät etwas ins Wanken, weil mein rechtes Bein einfach nicht richtig mitmacht, und mein Arm ist auch keine große Hilfe. Mit viel Mühe schaffe ich es ins Badezimmer und bin sichtlich stolz auf mich. Wieso bin ich darauf stolz? Von draußen höre ich panisch meinen Namen, und ein junger Mann betritt eilig das Badezimmer. Ich bin schockiert! Ist das hier normal? Kann man nicht einmal in Ruhe auf die Toilette gehen, und wer ist dieser süße Typ, der mich in diese peinliche Situation bringt? „Schatz! Du gehst ja! Ganz allein!" Ja, natürlich gehe ich. Was soll denn das ganze Theater. Mit einem finsteren Blick auf dem Gesicht humple ich gegen die Wand gestützt an ihm vorbei. Es erscheint mir schon seltsam, wie viel Kraft ich für die paar Schritte brauche. Völlig erstaunt, beobachtet mich der Fremde. Die Freude in seinem Gesicht und seine feuchten Augen rühren mich beinahe zu Tränen. Wieso empfinde ich so?

Mühsam setze ich mich auf einen Sessel. Was sind das für Möbel, und wo sind wir hier? Eine tiefe Falte bildet sich auf meiner Stirn. Der freche Unbekannte setzt sich auf einen Sessel neben mir und fährt mir zärtlich über den Arm. Bevor ich protestieren kann, erzählt er mir, dass er mein Ehemann wäre und dass ich mit meiner Shila gestürzt wäre. Von mir im Koma und meinen Symptomen davon. Alles in mir ist schwummrig und mir wird richtig elend bei seinen Erzählungen. Irgendwie kenne ich die Geschichte, das habe ich doch geträumt, oder? Das Ganze ist so unglaublich verwirrend. Ich kann mich kaum noch aufrecht halten, und mein vermeintlicher Ehemann bringt mich wieder ins Bett.

Ich wache auf. „Shila!", rufe ich. Ein junger Mann stürzt sich zu mir, mit riesigen Augen und einem breiten Lachen im Gesicht. Dieses Lächeln kommt mir sehr bekannt vor. Als er näherkommt, sehe ich Tränen auf seinen Wangen. „Shila", sage ich noch einmal, nun etwas leiser. In meinem Innersten brennt eine Sehnsucht, die ich nicht für möglich gehalten hätte. Vor lauter Freude fällt mir der Mann um den Hals. Erstarrt vor Erstaunen, bleibe ich unbewegt sitzen. Er stürmt aus dem Zimmer, nur um kurz darauf wieder hereinzukommen und mich zu packen. „Wir fahren zu Shila!" Ich kann meine Freude kaum bändigen. Trotzdem finde ich es etwas seltsam, mit einem völligen Fremden mitzugehen. Wieso interessiert ihn das überhaupt? Er sucht Kleider für mich zusammen und hilft mir, mich anzuziehen. Das fühlt sich seltsam vertraut an. Alles sehr verwirrend und geradezu unheimlich. Wie in Trance lasse ich mir von ihm in den Rollstuhl helfen, und er bringt mich zum Parkplatz. Mit einiger Anstrengung verfrachtet er mich ins Auto. Es tut mir leid, dass er sich so anstrengen muss, aber mehr helfen, kann ich trotzdem nicht. Eine gefühlte Ewigkeit verbringen wir in einem Auto, das ich als mein Auto betitelt hätte, wäre da nicht dieser Fremde mit dem Schlüssel. Das macht mich alles etwas konfus, doch ich freue mich schon so auf mein Pferdchen, dass alles andere egal scheint. Von Weitem erkenne ich das Stallgebäude, in dem meine geliebte Shila seit ihrer Geburt lebt. Vor lauter Vorfreude schießen mir Tränen in die Augen. Der nette Fahrer macht sich sichtlich Sorgen um mich und versucht, mich zu beruhigen. Doch mein einziger Gedanke ist Shila. Der Fremde parkt das Auto und öffnet mir die Tür. Mit vereinten Kräften schaffe ich es heraus, und er stützt mich. Die gesamte Kraft, die ich aufbringen kann, und jedes Fünkchen Konzentration brauche ich, um mich zu meinem Pferd zu schleppen. Sehr seltsam. Eingepackt in eine Hülle von Liebe und Glück falle ich Shila um den Hals und wäre beinahe gestürzt. Eine starke Hand packt mich bei den Hüften, und ich höre ein tadelndes „Schatz". Ich drehe mich um, und der nette Mann von vorhin verdreht genervt die Augen. Es ist ihm anzumerken, dass er sich hier extrem unwohl fühlt. Warum nur ist ihm so unbehaglich? Einerseits sehe ich in seinem Blick tiefes Verständnis, aber auch eine große Angst. Ich genieße die Berührung von Shilas Fell wahnsinnig. Sie drückt mir ihre Nüstern ans Ohr und atmet mir warme Luft entgegen. Das macht sie immer, und ich mag das. Ich küsse auf ihre Nüstern. Eine Hand zieht mich zurück. „Nicht so nah. Pass auf." Frustriert über die Einmischung in diese wohlige Zweisamkeit verdrehe ich die Augen. „Du brauchst dich gar nicht zu beschweren, schließlich bin ich extra mit dir hergefahren." Allem Anschein nach hält mich dieser Kerl für total undankbar. Dabei habe ich doch schon so ein schlechtes Gewissen und weiß nicht einmal genau wieso. Nach einiger Zeit schiebt er mich wieder aus dem Stall. Was fällt ihm ein? „Genug jetzt, du kannst ja kaum noch die Augen offenhalten", meint er. Widerwillig lasse ich mir wieder ins Auto helfen. Das ist einfach nicht fair. Wieso durfte ich nicht länger hierbleiben? Ein Ausritt wäre schön gewesen. Stumm setzt er sich hinters Steuer und fährt ohne ein weiteres Wort los.

Ich wache auf und bemerke, dass ich in einem Auto sitze. Ist das mein Auto? Seltsam, wie bin ich bloß hierhergekommen? Schlaftrunken nehme ich den Fahrer wahr und schrecke auf. Belustigt klopft der Fremde auf meinen Oberschenkel. „Na, wieder wach?", sagt er, und meine Sinne reagieren auf seine Stimme entspannt. Auf einem großen Platz, den ich schon einmal gesehen habe, parkt er das Auto und hilft mir, auszusteigen. Er führt mich über den Parkplatz in ein großes Gebäude, das mir bekannt vorkommt. War ich schon einmal hier? Es ist echt anstrengend, mich auf den Beinen zu halten, und ich kralle mich an seinem Arm fest. Bin ich froh, als wir endlich in einem hübschen Zimmer angekommen sind und er mir auf einen Sessel hilft. Es ist mir egal, dass ich nicht weiß, wo wir sind und wer er eigentlich ist, ich bin so müde, es ist mir alles egal. Eigentlich möchte ich mich bei ihm bedanken, aber das bekomme ich nicht hin, keine Ahnung wieso. Alles um mich herum verschwimmt, und ich schlafe ein.

Wie durch Wolken hindurch nehme ich meine Umgebung wahr. Eine junge, nett aussehende Frau sitzt mir gegenüber und fragt mich, wie mein Tag gestern war. Beim Versuch, ihr zu antworten, bemerke ich, dass ich das nicht weiß. Seltsam. Die Frau schaut mich wissend an und nickt. Sie streckt mir etwas wie einen Stift entgegen. Er ist leuchtend gelb und auf der einen Seite etwas dicker als auf der anderen. Irgendwie glaube ich, das Ding schon einmal gesehen zu haben. „Nehmen Sie das bitte mit der rechten Hand und halten Sie es ganz fest." Sie redet mit mir wie mit einem Kleinkind. Ein wenig verwirrt und auch genervt über diese seltsame Situation strecke ich die Hand aus. Was soll das hier? Beim Versuch, den Stift zu greifen, verlässt scheinbar meine Hand alle Kraft, und der Stift fällt zu Boden. „Noch ein Versuch?" Die junge Frau streckt mir ein weiteres Mal den Stift entgegen. Total gedemütigt zwinge ich mich zu einem freundlichen Gesicht. Beim nächsten Versuch kann ich tatsächlich den Stift greifen, und ich freue mich total über diese Leistung. Diese Leistung? Verwirrung und Zorn brennen in meinem Bauch, doch ich lasse mir nichts anmerken. Eigentlich kommt mir hier vieles bekannt vor, aber ich weiß trotzdem nicht, wo ich bin. Mein Kopf ist etwas schwummrig, und die nette Frau meint, ich solle mich doch etwas ausruhen. Heute hätte ich schon so viel geleistet. Irgendwie macht mich dieser Satz stolz und demütigt mich zugleich wahnsinnig. Was soll ich bitte geleistet haben? Ich erinnere mich an gar nichts. Alles in mir dreht sich, und es kommt mir irgendwie unwirklich vor. Was soll das? Was für ein seltsamer Traum.

Ich wache auf. Meine Matratze liegt wie gewohnt auf dem Boden. Doch es liegt jemand neben mir. Wer ist das? Heimlich versuche ich, einen Blick zu erhaschen. Ein nett aussehender Kerl, aber was hat er unter meiner Decke zu suchen? Möglichst unauffällig versuche ich, aus dem Bett zu kriechen. Das ist gar nicht so leicht in meiner derzeitigen Verfassung. Welche Verfassung? Was stimmt mit mir nicht? Langsam werde ich nervös. Mein Körper lässt sich nicht richtig bewegen. Wer ist dieser Mann? Weil ich kaum vom Fleck komme und an der Wand liege, versuche ich, ihn von der Matratze zu schieben. „Hey!", schimpft er schlaftrunken. Schnell rolle ich mich zusammen, ziehe die Decke über den Kopf und versuche, unschuldig zu wirken. Vielleicht bemerkt er mich nicht. Eine Hand hebt die Decke an, und mit einem Schmunzeln im Gesicht fragt er mich: „Wolltest du mich aus dem Bett werfen?" Ich versuche, ernst zu bleiben, obwohl mir das im Moment extrem schwerfällt. Aber schließlich hat sich ein Fremder in mein Bett geschlichen. „Wer du?", höre ich mich sagen. Mir fällt wohl auf, dass etwas mit meiner Frage nicht stimmt, aber ich finde den Fehler nicht. Er fängt zu lachen an. Sein Lachen wird lauter und lauter und bald kommen ihm die Tränen. Total verdattert über diese Reaktion sehe ich ihn verwirrt an. Was habe ich denn so Lustiges gesagt? Irgendwie weiß ich, dass der Satz falsch war, aber muss er mich deswegen so schamlos auslachen? Endlich kriegt er sich wieder ein, und sein Lachen beruhigt sich. Er erklärt mir mit unterdrücktem Kichern, dass das meine ersten Worte seit Wochen sind und er sich so darüber freut, meine Stimme zu hören. Auch wenn sie anscheinend nicht so klingt wie gewöhnlich. Nach langen Erklärungen seinerseits, bin ich still und grüble vor mich hin. „Ein seltsamer Zeitgenosse", denke ich mir. Der hat ja Geschichten auf Lager.

Ich wache auf. Mein Ehemann sitzt auf meiner Matratze auf dem Boden. Sie muss am Boden liegen, weil ich in letzter Zeit mehrmals aus dem Bett gefallen bin. Wieso wohl? Umständlich richte ich mich auf und küsse ihn. „Guten Morgen Lieb", sage ich. Er sieht mich verdutzt an. „Du erkennst mich?", raunt er mit halb erstickter Stimme. „Ja klar ich dich!" Was für eine dumme Frage. Mit meiner Antwort stimmt aber irgendetwas nicht, denke ich. Er erklärt mir, dass ich wohl einen schweren Unfall hatte und mich mehrere Wochen beinahe an nichts erinnert hätte. Auch das Sprechen falle mir immer noch etwas schwer, aber es klappt schon besser. Mir schnürt es bei seinen Erzählungen die Kehle zu. Ich bin seit bald sechs Wochen in einer Klinik und kann mich eigentlich an nichts erinnern. Diese Neuigkeit haut mich um, und ich ringe um Fassung. Tränen brennen in meinen Augen. Während er mir einige Details der letzten Wochen erzählt, fällt es mir schwer, ihm zu glauben. Wenn das wirklich alles stimmt, tut es mir wahnsinnig leid. Auf einmal werde ich extrem schläfrig, und er erklärt mir, das sei völlig ok. Scheinbar habe ich die letzten Wochen so gut wie nur geschlafen. Nur für das Essen und für die Therapien wurde ich jeweils geweckt. Die Ärzte meinten wohl, mein Körper und mein Gehirn bräuchten noch so viel Erholung, und ich wäre deswegen immer so müde. Während er noch mit mir spricht, schlafe ich ein.

Ich wache auf. Mein Ehemann sitzt neben mir auf meiner Matratze, die aus bekannten Gründen auf dem Boden liegt. Freudig strahlt er mich an und gibt mir einen Kuss auf die Wange. „Du darfst morgen nach Hause", meint er aufgeregt. Er müsse noch einiges regeln, und meine Freundin Rebekka würde mich dann abholen kommen. Ich frage ihn, was ich hier mache, und er sieht mich skeptisch an. „Kannst du dich nicht erinnern? Du hattest einen Unfall." Was? Unfall? Wann? Er erzählt mir eine Geschichte, die er mir scheinbar schon Hunderte Male erzählt hat. Ich weiß nichts davon. Etwas niedergeschlagen nimmt er meine Unwissenheit zur Kenntnis. Er dachte wohl, es würde langsam zurückkommen. Scheinbar hatte ich gestern einen ziemlichen Durchbruch. Als er mir erzählt, ich hätte ihn wochenlang nicht erkannt, gibt mir das einen Stich ins Herz. Das tut mir so leid, dass ich ihm solche Sorgen bereitet habe. Ich kann mir kaum vorstellen, wie es ist, wenn die Person, die du liebst, dich nicht erkennt. Er fragt nach den Namen der Personen und Tiere auf den Fotos an der Wand. Shila kann ich sofort benennen. Natürlich, wir sind eins. Leider kann ich meinen geliebten Hund wohl erkennen und auch alle Menschen auf den Fotos, aber ihre Namen wollen mir partout nicht einfallen. Geduldig nennt er mir alle. Meine Freundin Rebekka, die ich damals auf einer Party kennengelernt habe, seinen Bruder Olaf mit seiner Frau Cornelia, meine Schulfreundin Julia mit ihrem Freund Ben und natürlich meinen allerbesten Freund Lucky. Als ich die Fotos anschaue, wird mir schwer ums Herz. Ich habe so viel verpasst, wie geht es ihnen allen? Warum musste so etwas passieren? Während seiner Erzählungen kommen Bruchstücke von Erinnerungen zurück. Ein Sturz aus dem Bett, meine Freunde, die mich hier besucht hatten, und meine Therapeutin. Beim Gedanken an sie bekomme ich fast keine Luft. Zum einen kann ich mich an einige Episoden erinnern, als ich sehr frech und unfair zu ihr war. Ich muss mich dringend bei ihr dafür entschuldigen. Zum anderen, weil mir bewusst wird, was ich alles nicht kann. Mein Körper ist halbseitig gelähmt, und ich kann fast nicht sprechen. Sie übt das alles mit mir total geduldig in einer Endlosschleife, und ich habe mich so etwas von danebenbenommen. Schlagartig wird mir einiges klar, und ich beginne hemmungslos zu schluchzen. Mein Mann nimmt mich in die Arme und sagt mir, dass alles gut wird. Das kann ich ihm nicht glauben, und ich mache mir solche Sorgen um alles! Wie geht es meinen Tieren und meiner Familie? Muss er nicht arbeiten? Mir wird bewusst, dass er wohl immer bei mir war. Wie kann das gehen? Auf einmal wird mir klar, dass ich nicht einmal weiß, was für einen Unfall ich hatte. Bevor ich in der Lage bin, ihn danach zu fragen, falle ich in seinen Armen schon wieder in einen tiefen Schlaf.

Ich wache auf, und meine Freundin steht neben mir. „Na endlich wach? Los geht es." Was geht los? Sie packt eifrig Kleider in Taschen. Sind das meine Kleider? Wo sind wir überhaupt? Meine liebe Freundin packt mich unter dem Arm und führt mich aus dem Zimmer. An ihren Arm geklammert humple ich mit ihr mit. Kurz und knapp verabschiedet sie sich von den Leuten auf dem Flur beim Vorbeigehen. Jemand winkt mir hinterher und wünscht mir Glück. Das geht alles zu schnell für mich, und ich verstehe gar nicht genau, was hier los ist. Doch ihre gute Laune ist ansteckend, also eile ich neben ihr her. Draußen angekommen stolpere ich über einen Stein, und sie fängt mich mit viel Mühe gerade noch auf, bevor ich zu Boden knalle. „Tue mir das nicht an, sonst bekomme ich noch Ärger", sagt sie grimmig. Dann schmunzelt sie und hilft mir ins Auto. Ausgelassen plaudert sie mit mir über dies und das und scheint sich sichtlich zu freuen, mich dabei zu haben. Schon eine Weile überlege ich mir, wie sie heißt. Natürlich kenne ich sie. Wir hatten uns damals auf einer Party kennengelernt. Mir ist auch klar, wo sie wohnt und was ihr Job ist. Aber ihren Namen kann ich auch nach langem Grübeln nicht nennen. Was ist nur los mit mir? Ich nehme allen Mut zusammen. „Dass wir Freundinnen sind, ist mir klar, aber leider weiß ich deinen Namen nicht." Ich könnte vor Scham im Boden versinken. Das ist so unglaublich peinlich und demütigend. Sie grinst mich verständnisvoll an und meint „Rebekka". Es fällt wie Schuppen von meinen Augen. Natürlich, Rebekka. Sie tätschelt aufmunternd meinen Arm. Das ist so peinlich. Ich schäme mich so.

Unser Haus erkenne ich sofort von Weitem und bin ganz aufgeregt. Ich freue mich so auf meinen Mann und auf Lucky. Rebekka muss mir allerdings noch die kleine Treppe vor dem Haus hochhelfen, und den Schlüssel bekomme ich auch nicht selbst ins Schloss. Als ich mich darauf konzentriere, verschwimmt alles vor meinen Augen und mir wird schwindelig. Total genervt gebe ich auf. Kräftig packt mich Rebekka am Arm und schließt für mich die Tür auf. Gut, dass sie da ist. Sie muss ich nie um Hilfe bitten, musste ich nie, sie merkt es einfach. Das tut gut. Lucky wartet schon freudig hinter der Tür und springt wie wild umher, als wir eintreten. Er hüpft um uns herum und schmeißt mich beinahe zu Boden. Rebekka führt mich sofort zu einem Stuhl im Wohnzimmer, damit ich mich setzen kann. Endlich kann ich meinen flauschigen Kumpel richtig ausgiebig kraulen und knuddeln. Wie habe ich das vermisst! Ich suhle mich regelrecht in diesem Hochgefühl. Da fällt mir auf, von meinem Mann fehlt jede Spur. „Wo?", frage ich. „Er ist noch bei der Arbeit, deshalb habe ich dich abgeholt", klärt sie mich auf. Das ist ja völlig logisch, der muss doch arbeiten. Dass mir das nicht selbst eingefallen ist. Wie dumm ich mir jetzt vorkomme. Rebekka bleibt so lange bei mir, bis mein Ehemann Philip nach Hause kommt. Ich kann mich kaum noch wach halten, und sobald er mir zu Bett geholfen hat, falle ich in einen tiefen Schlaf.

Ich wache auf. Mein liebster Lucky kuschelt sich in meine Kniebeuge, und ich fühle mich einfach nur wohl. Lucky an meinen Beinen? Plötzlich realisiere ich, was los ist, und versuche, ihn vom Bett zu bekommen, das darf er nämlich nicht. Noch nie! „Runter!" Lucky schaut mich verschmitzt an und kuschelt sich noch näher an mich. Das glaube ich jetzt nicht. Wut steigt in mir hoch. Ich gebe mir alle Mühe, ihn loszuwerden, doch ich erreiche gar nichts. Von hinten spüre ich Philips Hand auf meiner Schulter. „Ach, lass ihn doch. Das durfte er jetzt immer, als du nicht da warst. Ich war einsam." Nicht da war? Was meint er damit? Wieso war er einsam? Verständnislos und doch mitleidig schaue ich ihn an. Er setzt sich zu mir aufs Bett und fängt an zu erklären. Er habe mir diese Geschichte schon Hunderte Male erzählt, doch mir kommt es vor, als höre ich das alles zum ersten Mal. Er erzählt mir von einem Unfall, den ich mit Shila hatte. Wir seien gestürzt, und sie hätte sich dabei ein Bein verletzt, und ich wäre bewusstlos liegen geblieben. Fußgänger hätten mich gesehen und die Ambulanz gerufen. Ein Rettungshubschrauber musste mich dann abholen. Philip war damals bei der Arbeit gewesen und hätte vom Notarzt einen Anruf bekommen.

Wie in Trance lausche ich seinen Erzählungen, und mir kommt das alles total unwirklich vor. Wieso weiß ich davon nichts? Mir wird bewusst, dass tatsächlich einiges mit meinem Körper und auch mit meiner Stimme anders ist. Deshalb hatte ich keinen Einfluss auf Lucky. Er konnte gar nicht genau erkennen, was ich von ihm wollte, weil ich meine Tonlage überhaupt nicht im Griff habe. Einige Male haben wohl meine Freundinnen bei mir übernachtet, damit Philip etwas Arbeit nachholen konnte. Dann hat ihm Lucky Gesellschaft geleistet. Wie traurig sich das anhört. Philip hilft mir ins Bad, und ich versuche zu duschen. Mit Betonung auf „versuche". Es stellt sich heraus, dass es einiges an Anstrengung kostet, sich mit nur einem voll funktionierenden Arm und auf einem Bein einzuseifen. Total gedemütigt nehme ich es hin, dass Philip mir hilft. Auch das Anziehen stellt eine ziemliche Herausforderung für mich dar. Es fühlt sich extrem erniedrigend an. So einfache alltägliche Dinge nicht allein bewältigen zu können, treibt mir die Tränen in die Augen. Mein Magen krampft sich zusammen, und ich versuche, mich Philip zuliebe zusammenzureißen. Doch leider klappt das nur sehr bescheiden. Ich bin wahnsinnig niedergeschlagen und geknickt. Richtig elend fühle ich mich. Philip fühlt sich auch nicht gut, das merke ich, und ich kuschle mich an ihn. Es kostet ihn einiges an Überwindung, mich loszulassen. „Leider muss ich jetzt zur Arbeit. Aber Julia kommt in einer Stunde vorbei, um nach dir zu sehen. Bitte versuche, bis dahin nicht hinzufallen oder dir sonst irgendwie weh zu tun, okay?" Pure Angst schwingt in seiner Stimme mit. Das werde ich ja wohl hinbekommen, denke ich, und ich nicke. Als er das Haus verlässt, überlege ich, was ich nun tun kann. Nichts. Ich kann gar nichts tun, da ich zu den kleinsten, einfachsten Dingen des Alltags nicht einmal annähernd in der Lage bin. Mir wird bewusst, was das bedeutet und was das für die letzten paar Wochen bedeutet hat. Beinahe wird mir schwarz vor Augen. Zu jeder Zeit Hilfe zu benötigen, in allen möglichen Dingen. Schrecklich diese Vorstellung. Total gedemütigt und traurig kämpfe ich wieder mit den Tränen und verliere abermals den Kampf. Ich drücke meinen Kopf ins Kissen und wünsche mir nichts mehr, als aus diesem Albtraum aufzuwachen.

Ich wache auf. Aus meiner Küche höre ich die Kaffeemaschine brummen. „Hallo?", frage ich unsicher in den Raum. Nach kurzer Zeit betritt meine Schwägerin Julia mein Schlafzimmer, und ich mustere sie erstaunt. „Na, wieder wach?", fragt sie fröhlich. Sie drückt mir eine frische Tasse Kaffee in die Hand und setzt sich zu mir auf mein Bett. Wieso ist sie bei mir zu Hause? Sollte nicht ich ihr einen Kaffee servieren, statt sie mir? Verwirrt runzle ich die Stirn. „Sorry, ich habe dich gar nicht gehört. Bist du schon lange da?" „Ja, schon eine Weile, ich habe ja heute Aufsicht." Sie schmunzelt mir schelmisch zu. Aufsicht? Über was? Verständnislos sehe ich sie an. Als könnte sie meine Gedanken lesen, fragt sie mich: „Woran kannst du dich noch erinnern?" Hmm, was ist das Letzte, das ich weiß. Ich war arbeiten, nein. Mit Lucky unterwegs, nein. Ich war reiten, genau! „Das ist das Letzte, das dir in den Sinn kommt?", fragt sie mich ziemlich verwundert. Erstaunt mustert sie mein Gesicht. „Äääähm ja", antworte ich etwas unsicher. Wenn ich mir das so überlege, ist alles etwas schwummrig in meinem Kopf. Ich weiß nicht einmal, welcher Tag heute ist. Sie lächelt mir aufmunternd und verständnisvoll zu und fängt an zu erzählen. Koma, Rehabilitationsklinik, Therapie usw. Seltsam, daran kann ich mich wirklich nicht erinnern, ich spüre nur eine gähnende Leere in meinem Kopf. Einige Situationen, die sie mir erzählt, kommen mir bekannt vor. Wie aus einem Traum, den ich hatte. Anfangs hätte ich Philip nicht wiedererkannt, erzählt sie mir. Bei dieser Vorstellung zieht sich in mir alles zusammen. So einen Herzschmerz hatte ich lange nicht mehr. Das tut mir so leid, und ich fange an zu schluchzen. „Oh nein, das wollte ich nicht." Julia versucht, mich zu trösten, doch ihre Zuneigung zu mir, die sie mich spüren lässt, holt nur noch lautere Schluchzer zum Vorschein. Als ich mich nach einer Ewigkeit wieder gefangen habe, trägt sie die leeren Kaffeetassen zurück zur Küche.

Es ist wohl Mittagszeit, und Philip betritt das Haus. Leise höre ich Julia mit ihm sprechen. „Ich wusste nicht, dass sie sich immer noch an so wenig erinnern kann." Mir wird schwer ums Herz. Ein schlechtes Gewissen beschleicht mich, und es kommt mir übertrieben vor, dass alle so einen riesigen Aufwand betreiben müssen, nur meinetwegen. Sie sollen sich nicht solche Sorgen um mich machen müssen. Wieder fange ich zu weinen an. Philip kommt besorgt zu mir ans Bett und hilft mir auf. „Was ist denn los?", fragt er mich vorsichtig. „Ich möchte euch nicht allen zur Last fallen", antworte ich weinerlich. Schockiert blafft er mich an: „Last? Du bist doch keine Last!" Sichtlich beleidigt, bringt er mich ins Esszimmer. Etwas weniger sanft als gewohnt, drückt er mich auf einen Stuhl am Esstisch. Julia muss wohl für uns gekocht haben, bemerke ich erschrocken. Mein schlechtes Gewissen meldet sich wieder. Wie es aussieht, ist Philip schon einiges von mir gewohnt, und er fängt an, mir das Essen auf meinem Teller klein zu schneiden. Wie peinlich! Doch ich muss zugeben, mit nur einer Hand wäre das eine unlösbare Aufgabe gewesen. So nutzlos wie ich bin, bekomme ich vor lauter schlechtem Gewissen kaum einen Bissen herunter. Mein Bauch tut richtig weh. Sorgenfalten bilden sich in Philips schönem Gesicht. Oh nein, er soll sich doch keine Sorgen machen wegen mir. Er soll meinetwegen nicht so viel Arbeit haben. Ich könnte mich ohrfeigen. Er starrt mich an und sagt: „Ich liebe dich." Einfach so. Aus heiterem Himmel, geradeheraus. Tausend Tränen kullern heiß über meine Wangen. Dass man so etwas wie mich noch lieben kann. Ich habe ihn überhaupt nicht verdient. Total überwältigt von allem, was heute schon passiert ist und was ich erfahren habe, weine ich hemmungslos. Es sieht nicht so aus, als könnte ich mich je wieder beruhigen. Philip wird ganz nervös und zappelig, aber ich möchte doch nur, dass er sich entspannt. So wichtig sollte ich nicht für ihn sein, dass er sein ganzes eigenes Leben hinten anstellt. Er tut mir so unendlich leid, dass ich es schier nicht ertragen kann. Er bringt mich wieder ins Schlafzimmer und an meinen lieben Lucky gekuschelt schlafe ich sofort ein.

Ich wache auf. Wie selbstverständlich hilft mir Philip bei der Erledigung des Alltäglichen. Das ist eigentlich sehr schön, aber es fühlt sich trotzdem seltsam an. Wieso bin ich dazu nicht selbst in der Lage? „Rebekka fährt dich heute in die Reha", sagt er beiläufig zu mir. Bitte was? Verdattert starre ich ihn an. Er erklärt mir, dass ich wegen meines Unfalls nun noch einiges an Therapie brauche, auch nach dem Klinikaufenthalt. Unfall? Die Geschichte hört sich für mich nicht neu an und trotzdem nicht wirklich real. Wenn ich darüber nachdenke, wird mir ganz seltsam zumute. Irgendetwas stimmt nicht mit mir, da hat er recht. Philip verabschiedet sich wehmütig mit einem Kuss von mir. Total durcheinander überlege ich, was ich jetzt tun soll. Die Wäsche müsste einmal wieder gemacht werden, denke ich. Zielstrebig steuere ich auf den übervollen Wäschekorb zu. Irgendwie irritiert mich das, ich bin doch sonst nicht so liederlich? Wann habe ich denn zuletzt gewaschen? Es fällt mir partout nicht ein. Seltsam. Mit nur einem funktionierenden Arm ist es ziemlich zeitaufwendig, die Wäsche zu sortieren, und ich ermüde unglaublich schnell. Mit aller Kraft schaffe ich es noch zurück zum Bett und lege mich hin.

Ich wache auf. Rebekka steht neben mir. Komisch. „Hey! Was tust du hier?", frage ich verschlafen. „Wir fahren doch heute in die Reha", erklärt sie mir etwas verwundert, da ich noch im Bett liege. Das wundert mich auch. Heute war ich doch schon wach, oder? Zumindest bin ich fertig angezogen. Seltsam. Irgendetwas wollte ich doch erledigen? Nur ein riesiges Loch, anstelle von Erinnerungen, klafft in meinem Kopf. Lucky versucht schon die ganze Zeit, Rebekkas Aufmerksamkeit zu gewinnen. Er vergöttert sie. Sie geht sehr oft mit uns zusammen spazieren. Wann war unser letzter Spaziergang? Eigenartig, dass ich mich nicht daran erinnere. Mit Rebekkas Hilfe schaffe ich es aus dem Haus und ins Auto. Die Fahrt dauert nicht lange, und wir stehen vor einem hübschen Riegelhaus. Rebekka hilft mir wieder aus dem Auto, stützt mich auf dem Weg in ein Wartezimmer und setzt mich dort auf einen freien Stuhl. „Ich melde dich an", meint sie. Alles extrem verwirrend hier. Schlafe ich doch noch? Ein ganz seltsamer Traum. Kurz darauf kommt Rebekka mit einer Dame in weißer Schürze zurück. „So, ich gehe einen Kaffee trinken", verabschiedet sie sich, bevor ich etwas sagen kann. Ich möchte nicht, dass sie geht. Allein komme ich mir so hilflos vor, aber ich versuche, mir nichts anmerken zu lassen. Schon genug, dass ich gar nicht genau weiß, was ich hier überhaupt tun soll oder wo ich genau bin. Wozu brauche ich Therapie? Die freundliche Dame nimmt mich mit in ihren Behandlungsraum. Nach zwei

Stunden Sprachtraining und Ergotherapie setzt sie mich zurück
ins Wartezimmer. Ich weiß nicht so genau, was jetzt passiert,
und ich bin ziemlich verunsichert. Soll ich warten? Worauf sollte
ich warten? Nein, ich schaue einmal nach, was hier sonst noch
so los ist. Etwas wackelig auf den Beinen verlasse ich das Gebäude. Ich bin ziemlich erledigt von diesem ganzen Training.
Sehr kurios. Draußen erkenne ich nichts und beklommen gehe
ich einfach in irgendeine Richtung. Nach einiger Zeit klingelt
etwas in meiner Tasche. Habe ich ein Telefon dabei? Tatsächlich, es ist Rebekka. „Wo steckst du?", brüllt sie mich durch den
Hörer an. „Keine Ahnung, ich suche dich", lüge ich etwas verunsichert. Ich wusste gar nicht, dass sie auch hier ist. Wo bin ich
eigentlich? Ziemlich ungehalten erklärt sie mir, dass ich keinen
Schritt mehr machen soll und sie zu mir kommt. Ich versuche
ihr zu erklären, was ich um mich herum genau sehe. Tatsächlich
erscheint sie schon nach kurzer Zeit und sieht ziemlich sauer
aus. Irgendwie verstehe ich nicht, wieso. „Du willst wohl meinen
Tod, oder?", keift sie mich an und fällt mir etwas rüpelhaft um
den Hals. Ziemlich verdattert über die ganze Situation grinse
ich verlegen. Das muss ich alles nicht verstehen, oder? Total erledigt schlafe ich in Rebekkas Auto schließlich ein. Halbwegs bekomme ich noch mit, wie sie mich ins Haus und ins Bett schafft,
aber ich bin wie in Trance. Alles nur ein ganz seltsamer Traum.

Ich wache auf. Beim Versuch, meine Beine aus dem Bett zu
werfen, wird mir schlagartig etwas bewusst. Es ist, als hätte mir
jemand ein Glas kaltes Wasser ins Gesicht gekippt, und ich wäre
aus einem ganz üblen Albtraum aufgewacht. Shila und ich hatten einen Unfall. Ich war im Koma und in der Folge sind mein
Körper und auch mein Geist ziemlich lädiert. Wie Schuppen
fällt es mir von den Augen. Das Ganze war kein Traum, das ist
die Realität. Mir wird schlecht. Wie eine schwarze Wolke umfängt es mich, und es fühlt sich an, als würde ich ins Bodenlo-
se fallen. In meinem Kopf schwirren tausend Gedanken, und
ich kann es kaum fassen. Seit Wochen habe ich einfach in den
Tag hineingelebt, ohne zu begreifen, was los ist. Was habe ich
meinen ganzen Mitmenschen bloß angetan? Einige Szenen der

letzten Wochen flackern vor meinem inneren Auge auf, und ich erkenne, wie dumm ich mich benommen habe. Wie konnte ich nur so egoistisch sein? Wie oft habe ich meinen geliebten Mann verletzt, wie oft meine Freunde zur Verzweiflung gebracht? Es fühlt sich an, als würde sich die Erde unter mir auftun, und ich kann die Tränen kaum zurückhalten. Ich bin doch immer die Starke, die, die sich um die anderen sorgt und jedem hilft. Jetzt wird mir bewusst, wie viel Hilfe ich die letzten paar Wochen gebraucht habe. Welche Last ich war. Ich schluchze laut. Philip kommt eilig angelaufen. Er sorgt sich schon wieder um mich. Ich könnte mir in den Hintern treten. Das schlechte Gewissen drückt meinen Magen fest zusammen. Was ist nur los mit mir? Wieso kann ich ihm nicht einmal etwas Ruhe gönnen? So eine Last möchte ich nicht sein. Zwischen meinen Schluchzern bringe ich die Worte „Ich erinnere mich" heraus. Das Gesicht in den Händen vergraben, weine ich jämmerlich. Dieses Gefühl ist so schrecklich. Am liebsten würde ich sofort alles wieder vergessen. Es tut mir alles so leid, doch ich kann das nicht wiedergutmachen. Nie wieder. So etwas ist nicht aufzuwiegen. Das ist alles tatsächlich geschehen, es war kein Traum. Die Erkenntnis haut mich fast um. Wieso musste ausgerechnet mir so etwas passieren?

Philip versucht, mich zu trösten, doch das nützt nichts. Je mehr er sich um mich kümmert, umso schlechter fühle ich mich. So viel Elend habe ich über ihn gebracht, und trotzdem ist er für mich da. Er ist hiergeblieben. Wieder fange ich zu schluchzen an. Die Heulerei will gar nicht mehr aufhören. Dabei möchte ich doch nicht, dass sich jemand um mich sorgen muss. Dieses Gefühlschaos ist einfach zu viel für mich. Allmählich wird mir bewusst, was das alles bedeutet. Was ich alles vernachlässigt habe. Oder vernachlässigen musste. Meine Shila, meinen Lucky, die Arbeit. Mir ist richtig übel, und ich weiß gar nicht, wo ich anfangen soll. Meine Gedanken überschlagen sich fast. Ich muss mich bei so vielen entschuldigen, meine Tiere versorgen, bei der Arbeit anrufen. Dass so etwas ausgerechnet mir passiert, ist unglaublich. Mein Hirn hat das wohl deshalb wie einen Traum empfunden, wie ein Albtraum. Weil es einfach zu schrecklich ist, um wahr zu sein. So mies habe ich mich noch niemals gefühlt. Es ist, als wäre meine Seele nach langer Abwesenheit wieder in meinen Körper zurückgekehrt. Dinge, die ich in den letzten Wochen getan oder gesagt habe, kommen mir wie Worte einer Fremden vor. Das war nicht ich. Das war nur mein Körper, ich selbst war gar nicht da. Mit Tränen in den Augen schaue ich in Philips Gesicht. Was der arme Kerl meinetwegen durchmachen musste. Einfach grässlich diese Vorstellung. Wussten die anderen, dass sie nur eine leere Hülle vor sich hatten? Oder haben sie alles wörtlich genommen, was mein Körper von sich gegeben hat? „Das war nicht ich. Ich war irgendwie nur eine leere Hülle. Aber jetzt bin ich wieder da. Es tut mir so leid", sage ich schluchzend. Wieder weine ich hemmungslos an seiner Schulter, und er drückt mich fest an sich. Eine Ewigkeit sitzen wir so zusammen. Beim Versuch, das Weinen sein zu lassen, scheitere ich kläglich. Es tut so weh. So viel habe ich verpasst. Jetzt wird mir plötzlich etwas bewusst. „Welches Datum ist heute?" „Es ist heute der fünfte Juli. Du hattest Anfang Mai den Unfall." Wie gelähmt starre ich vor mich hin. Fast zwei Monate, die ich verpasst habe. An beinahe nichts kann ich mich wirklich erinnern. Auch die Zeit davor ist wie hinter einem dunklen Schleier. Vom Unfall weiß ich überhaupt nichts mehr. „Was ist mir genau passiert?", frage ich mit erstickter Stimme. „Du warst mit Shila ausreiten, und sie muss in ein Loch getreten und gestürzt sein." Shila ist gestürzt? „Um Himmels willen, ist ihr etwas passiert?" Völlig erschrocken fahre ich zusammen. „Nein, Dr. Anton hat sie untersucht. Sie ging anfangs etwas lahm, aber jetzt ist alles in Ordnung. Sie hat einfach noch Boxenruhe." Oh Mann, ich will sofort zu meinem Pferd. Sie war verletzt, und ich war nicht da. Total verzweifelt starre ich Philip an, und er weiß genau, wie ich mich fühle. „Julia hat immer nach ihr gesehen und sie gepflegt", erklärt er mir mit sanfter Stimme. Er möchte mich beruhigen, doch wenn es um Shila geht, kann ich schnell aus der Haut fahren. „Ich will sofort zu ihr", bettle ich. Philip ist mit meinem Wunsch natürlich einverstanden und hilft mir, mich anzuziehen und ins Auto zu steigen. Er fährt mit mir zum Pferdestall. Es sind noch einige meiner Freunde dort, mit denen ich im Normalfall viel Zeit verbringe, wenn wir zusammen ausreiten. Aber ich habe keine Augen für sie. Jetzt will ich einfach nur zu meinem Pferd. Ich mache mir solche Sorgen. Beim Vorbeigehen strahlen mich meine Reitkollegen an und wollen wissen, wie es mir geht, aber ich habe nur Augen für Shila. Ohne ein Wort stolpere ich an ihnen vorbei zu Shilas Box. Philip entschuldigt sich achselzuckend und hilft mir, so gut es geht, beim Laufen. Shila blubbert mich mit wehenden Nüstern an. Dieses Geräusch ist mir so vertraut, ich bekomme eine Gänsehaut. So begrüßt sie mich immer. Ich falle ihr um den Hals und kraule sie im Genick, das mag sie. Ganz genau sehe ich sie mir an und gehe an sie gestützt von einem Bein zum nächsten, um sicherzugehen, dass alles okay ist. Natürlich hat sich Julia hervorragend um sie gekümmert, aber ich kann einfach nicht anders. Ich war zu lange weg. Das schlechte Gewissen zieht wie Flammen durch meinen Bauch. „Pass auf dich auf, ja?", höre ich Philips mahnende Stimme. Er steht vor der Box. Er würde sie nie betreten, dafür hat er viel zu viel Respekt vor den Pferden. Es ist mir klar, dass ihm mulmig zumute ist. Nach allem, was die letzten Wochen passiert ist, aber das ist Shila. Ich liebe sie. Das muss er doch verstehen. Als Fohlen habe ich sie gekauft und schon so vieles mit ihr erreicht und erlebt. Diese Verbindung zwischen uns ist unbeschreiblich. Manchmal glaube ich, wir können die Gedanken des anderen lesen. Sie fühlt meine Gefühle. Ich drücke ihr einen Kuss auf die Nüstern und schmiege mein Gesicht an sie. Nach einiger Zeit möchte Philip wieder nach Hause, und mir gefällt das gar nicht. Aber ich muss zugeben, dass ich schon wieder total müde bin. Das muss mit diesem Unfall zu tun haben, ich war doch früher nie so müde. Etwas niedergeschlagen, lasse ich mir wieder ins Auto helfen. Kurz winke ich den anderen Reitern zum Abschied zu, dann sind wir auch schon wieder auf der Straße. „Wann kann ich reiten gehen?", frage ich leise auf dem Heimweg. Philip schüttelt nur den Kopf und knurrt verärgert. Dann schweigen wir den gesamten Weg. Zu Hause angekommen muss ich mich erst einmal hinlegen. Total erledigt grabe ich mein Gesicht ins Kissen. Traurig über die Tatsachen, die mir heute bewusst geworden sind, schlafe ich ein. Als ich das nächste Mal aufwache, habe ich Luckys Nase vor dem Gesicht. Er möchte wohl einen Spaziergang machen. Liebevoll kraule ich sein Fell und sage ihm, wie gern ich ihn habe. Philip kommt zu uns ins Zimmer. „Machen wir einen Spaziergang mit ihm?", frage ich. Philip hebt eine Augenbraue und fragt: „Glaubst du, du schaffst das?" „Natürlich!", antworte ich bestimmt. Jetzt hat er meinen Kampfgeist geweckt. Ich schaffe immer alles, was ich mir vornehme. Mein Stolz wird aber sogleich wieder gebremst, denn ich muss mir von ihm in die Schuhe helfen lassen. Wie demütigend. Gemeinsam gehen wir aus dem Haus. An der einen Hand führt er Lucky an der Leine, und am anderen Arm kralle ich mich fest. Es kostet mich einiges an Konzentration, mehr als nur ein paar Schritte zu gehen, und dann noch auf diesem unebenen Kiesweg. Wir begegnen einigen anderen Fußgängern. Fast alle schauen mich etwas verwundert an. Eine Frau dreht sich sogar nach mir um. Sie gibt ihrem Mann mit der Hand ein Zeichen, was so viel wie „die ist ja betrunken" bedeutet. Das müsste mich eigentlich kränken, aber ich habe schon früh gelernt, nichts auf die Meinung anderer zu geben. Das kommt mir nun zugute, denke ich. Nach der allerkleinsten unserer üblichen Spazierrunden bin ich total erschöpft. Meine Beine haben wohl schon lange nichts mehr gemacht, wird mir nun klar. Mein ganzer Körper ist total eingefallen. Alle meine Muskeln sind verschwunden, und ich sehe schrecklich aus. Das wird mir bewusst, als ich zu Hause im Bad stehe und in den Spiegel schaue. Wenn ich darüber nachdenke, habe ich die meiste Zeit in den letzten Wochen wohl liegend verbracht. Kein Wunder, dass mein Körper so schwach geworden ist. Da muss ich etwas dagegen tun, nehme ich mir vor. Ich muss mit meinem Mann darüber sprechen, wie ich das wieder hinbekommen kann. Wir sitzen gemeinsam auf dem Bett. Philip setzt sein ernstes Gesicht auf und beginnt, mir meine momentanen Therapien aufzuzählen. Da kommt man sich richtig mies vor, wenn man so etwas hört. Ergotherapie, Physiotherapie, Logopädie und so weiter. „Wie lange war ich im Koma?", frage ich. Es wird mir erst jetzt bewusst, dass ich das gar nicht weiß. „Zwei Tage", erklärt Philip mit belegter Stimme. „Das war die totale Folter. Ich dachte, ich verlier dich." Er gibt sich Mühe, sich zusammenzureißen. Doch ich höre den Schmerz in seiner Stimme. Total überwältigt von meinen Gefühlen, beginne ich wieder zu weinen. Ich drücke mich fest an ihn. Es tut mir so leid für ihn. Ich wollte nie für jemanden so eine Last sein und ihm solche Sorgen bereiten. Mein schlechtes Gewissen lässt sich kaum in Worte fassen. In meinem Bauch krampft sich alles zusammen. Dieses Bild in meinem Kopf von mir im Krankenhaus und ihm an meinem Bett lässt mich erschaudern. Wieso musste das nur geschehen? Er streichelt sanft über meine Haare. Mit gesenktem Kopf erzählt er weiter: „Lauter Schläuche, die an dir hingen. Der Geruch und das Gepiepe der Monitore auf der Intensivstation, es war einfach grauenhaft. Deine Eltern waren auch da, aber wir durften nur abwechselnd zu dir." Eine lange Stille entsteht. Die Bilder in meinem Kopf lassen mich weiterschluchzen. „Ich bin so froh, dass du wieder aufgewacht bist", sagt er leise. Wieder kullern mir heiß Tränen über die Wangen. Leider kann ich mich kaum noch wachhalten, ich bin so entsetzlich müde. Ich kuschle mich unter meine Bettdecke.

Ich wache auf. Philip muss mir wie gewohnt helfen, ins Bad zu kommen. Es kommt mir etwas seltsam und doch vertraut vor, was passiert. Er macht es so routiniert, als würden wir das schon immer so machen. Beim Versuch, mir die Haare zu waschen, scheitere ich kläglich, und er muss mir auch dabei behilflich sein. Ich fühle mich total unnütz und fehl am Platz. Philip muss zur Arbeit, und sein Bruder Olaf kommt vorbei. Er ist heute eingeteilt, um mir Gesellschaft zu leisten. Beim bloßen Gedanken daran, dass ich auf so viel Hilfe angewiesen bin, krampft sich in mir alles zusammen. Olaf ist wie immer gut gelaunt und versucht, mich mit seinen Witzen etwas aufzuheitern. „Heute kommen alle", sagt er und setzt sich mit mir an den Gartentisch. Verwundert schaue ich ihn mit hochgezogenen Augenbrauen

an. Geduldig erklärt er mir, dass ich wohl vorgestern alle meine Freunde für heute zum Grillen eingeladen habe. Mir bleibt die Spucke weg. Was habe ich? Tatsächlich erinnere ich mich schwach daran, einige Telefonate geführt zu haben. Wie bin ich denn bloß darauf gekommen? Ich möchte doch, dass Philip weniger Arbeit hat meinetwegen und nicht noch mehr. Ich ärgere mich sehr über mein Verhalten und kann nicht wirklich begreifen, was mich da wieder geritten hat. Da Philip den ganzen Tag arbeitet, müssten wir also noch einiges besorgen, schlägt Olaf vor. Mir ist schon aufgefallen, dass mein Haushalt ziemlich verlottert und fast alles in der Küche ausgegangen ist. Je mehr ich darüber nachdenke, desto klarer wird mir, dass Philip wohl keine Zeit gefunden hat, mit mir an der Backe alles zu erledigen. Ein Kloß steckt tief in meinem Hals. Das Gefühl, nur jedem ein Klotz am Bein zu sein, zieht mich richtig runter, und mir steigen Tränen in die Augen. Olaf fühlt sich wohl schuldig und lächelt mich verschwörerisch an. „Na komm, wir gehen einkaufen."
Auf seinen Arm gestützt begleite ich ihn zu seinem Auto, und er hilft mir etwas ungelenk hinein. Er ist es halt nicht gewohnt, so jemand wie mich dabei zu haben. Wir gehen zusammen in den Einkaufsladen an der Ecke. Natürlich muss mir Olaf aus dem Auto helfen, und ich komme mir so unglaublich einfältig vor. Staksig betrete ich, an den Einkaufswagen geklammert, den Laden. Die Leute starren mich ungeniert an, und mir ist etwas mulmig zumute. Es ist so unglaublich peinlich. Bei der Fleischtheke angekommen, werde ich mit Begeisterung begrüßt. Etwas beklommen erwidere ich die Begrüßung, und Olaf gibt unsere Bestellung auf. „Wie geht es dir? Wir haben uns solche Sorgen um dich gemacht!" Oh nein! Wieder jemand, der sich meinetwegen Sorgen gemacht hat. Die Zuneigung in diesen Worten bringt mich zum Weinen, und ich sehe das Entsetzen im Gesicht der Verkäuferin. „Ist schon okay. Das passiert ständig", meint Olaf und winkt ab. Ich schluchze und lache gleichzeitig. Die Verkäuferin versucht, mich zu trösten, doch dadurch macht sie es nur schlimmer. Ich bin so dankbar für die liebevolle Art der Menschen um mich herum. Es sind also Freudentränen. Nur: Wie

kann ich das den Leuten klarmachen? So etwas versteht wohl niemand. Mein Versuch, ihr zu erklären, dass ich weine, weil ich es so sehr schätze, dass ihr etwas an meinem Wohlergehen liegt, wird von lauten Schluchzern verschluckt. Leider schaffe ich es nicht, mich zu erklären. Wie demütigend. Fertig mit unserem Einkauf, treten wir an die Kasse und verlassen dann den Laden. Ehrlich gesagt bin ich ziemlich froh darüber, wieder draußen zu sein. Immer der Mittelpunkt des Geschehens zu sein, halte ich kaum aus. Gewöhnlich sorge ich mich um andere und nicht umgekehrt. Das mag ich gar nicht. Olaf verstaut unseren Einkauf im Wagen. Leider bin ich ihm keine große Hilfe dabei. Ich stehe einfach nur blöd daneben. Wie nutzlos ich doch bin. Er hilft mir wieder ins Auto, und wir fahren zurück zu mir nach Hause. „So, sollen wir alles etwas herrichten?" Herrichten? Was? Wofür? Ich schaue ihn verdattert an, und er sieht mir wohl an, was ich fragen möchte. „Na, für die Grillparty. Du hast doch alle eingeladen", fassungslos sieht er mich an. Es ist mir, als hätte ich das tatsächlich schon einmal gehört. Ich kann mich auch daran erinnern, telefoniert zu haben. Komisch. Etwas benommen von diesem seltsamen Gefühl der Leere stimme ich zu. Mein Garten sieht furchtbar aus. Klar, es hat ja auch einige Wochen keiner hier gesessen. Lucky stürmt an uns vorbei auf die Wiese und tobt sich aus. Das liebt er, und ich mag es, ihm dabei zuzusehen. Mit einem breiten Lächeln auf dem Gesicht versuche ich die Stühle vom Gartentisch wegzutragen, um mit dem Besen darunter zu kommen. Doch leider ist das viel zu viel für mich. Ich schaffe es kaum, zu gehen und gleichzeitig den Besen zu tragen. Oje, wie unnütz ich bin. Mein Lächeln verschwindet. Olaf kommt zu mir, stellt mir einen Stuhl zur Seite und hilft mir, mich zu setzen. „Bleib du hier sitzen und genieße ein bisschen die Sonne, ich mache den Rest." Er meint es natürlich nur gut mit mir, aber ich komme mir vor wie auf dem Abstellgleis. Zur Seite gestellt, weil sie zu nichts zu gebrauchen ist. Eine Mischung aus Wut, Trauer und schlechtem Gewissen nagen an mir. So kann das doch nicht weitergehen. Soll ich den Rest meines Lebens nur von der Seitenlinie aus zusehen und warten, während alle andern mein Leben für mich leben? Ich versuche zu gehorchen und halte mein Gesicht in die Sonne, wie ich es früher immer getan habe. Hier auf diesem Stuhl an der Sonne sitzend, mit einem heißen Kaffee in der Hand, habe ich schon Stunden verbracht. Leider klappt das mit dem Genießen im Moment nicht so gut. Staksig rapple ich mich wieder hoch und hinke zu Olaf hinüber. „Hast du nichts, was ich erledigen könnte?", frage ich ihn. Er überlegt. „Okay, kannst du in der Küche das Fleisch herrichten? Aber versuche, dich nicht zu verletzen, ja. Philip dreht mir sonst den Hals um." Mit einem verschwörerischen Grinsen auf dem Gesicht hilft er mir ins Haus. Das ist tatsächlich eine Aufgabe, die ich einigermaßen gut erledigen kann. Beinahe stolz auf meine Leistung gehe ich wieder nach draußen. Oder ich versuche es zumindest. Da mein rechtes Bein immer noch nicht so richtig mitmacht und ich manchmal vergesse, mich zu konzentrieren, bleibt mein Fuß an der Türschwelle hängen. Beinahe stürze ich aus der Verandatür, aber Olaf steht gerade richtig und fängt mich auf. „Um Himmels willen! Tue mir das nicht an. Mache das doch bei jemand anderem", meint er verschmitzt. Er bringt mich wieder zu meinem Stuhl am Wiesenrand, wo ich meinen ganzen Garten im Blick haben kann. Lucky schnüffelt etwas herum, und ich rufe ihn. Er reagiert irgendwie gar nicht, und ich werde unsicher. Hört er nicht mehr gut? „Deine Stimme klingt noch nicht wie früher. Er hat sich wohl noch nicht daran gewöhnt", meint Olaf, als er meine Unsicherheit bemerkt. Er ruft Lucky her, und er kommt schwanzwedelnd auf uns zu. Dieser Hund ist eine so treue Seele, und es bricht mir fast das Herz, als mir klar wird, dass er wirklich nicht sicher ist, wer ich bin. „Bin ich denn so anders als vorher?", frage ich verwundert. Luckys Reaktion verunsichert mich total. „Nein, nicht anders, aber du hörst dich noch sehr seltsam an, und deine Körperhaltung ist wahrscheinlich auch ein Problem für ihn." Ja klar. Das ist eigentlich ganz logisch. Ich überlege mir, was mit mir alles nicht stimmt, und muss zugeben, dass das für einen Hund ziemlich verwirrend sein muss. „Höre ich mich wirklich so seltsam an? Ich merke das selbst gar nicht", frage ich

Olaf verunsichert. Natürlich ist mir schon aufgefallen, dass ich oft genau überlegen muss, wie etwas heißt, aber meine Stimme ist doch noch die gleiche? „Ja, du klingst etwas wie ein kleines Kind", meint Olaf und zieht entschuldigend die Achseln hoch. Das muss ich erst einmal sacken lassen. Es ist seltsam zu wissen, dass nicht das gewollte Geräusch aus dem eigenen Mund kommt. Wie kann man das wohl steuern? Das muss ich mit meinen Therapeuten angehen, nehme ich mir vor. Hoffentlich weiß ich das morgen noch. Wieder voll motiviert, an mir selbst zu arbeiten, richte ich mich auf. „Wann kommen denn die anderen?", will ich wissen. „Keine Ahnung", meint Olaf. „Du hast sie ja eingeladen", er schmunzelt. „Jedenfalls kommt mein Bruder etwa in einer Stunde von der Arbeit." Er sieht auf die Uhr. „Ich kann ja einmal Cornelia fragen, was du mit ihr ausgemacht hast", meint er und zieht sein Handy aus der Hosentasche. Während er mit Cornelia telefoniert, sinke ich tief in meine Gedanken. Düstere Gedanken. Mir wird allmählich immer klarer, was ich alles nicht kann, nicht konnte und vernachlässigt habe. Beim Gedanken daran, krampft sich in mir alles zusammen und mir wird schlecht. Ich habe so ein unglaublich schlechtes Gewissen allen gegenüber, dass ich bitterlich zu weinen anfange. Olaf legt auf und tritt an mich heran. „Was ist in den letzten zwei Minuten nur passiert?", fragt er mich, mit Sorgenfalten auf der Stirn. Es gelingt mir kaum, ein Wort zu sagen. „Das alles hier. Wieso ist das passiert?", stottere ich und schon wieder kullern die Tränen. Er legt den Arm beschwichtigend um meine Schultern und schweigt. Als mein Atem wieder ruhiger wird, meint er: „Cornelia kommt um halb sieben." „Okay, danke. Ich glaube, dann lege ich mich noch einmal hin", sage ich niedergeschlagen. Er hilft mir auf und bringt mich ins Schlafzimmer. Schon seltsam, mein Schwager bringt mich ins Bett. Ich kichere leise. „Was?", fragt er, verdutzt über meine plötzlichen Stimmungsschwankungen. „Dass du mich zu Bett bringst, ist irgendwie witzig, oder?", sage ich verschwörerisch, und er stimmt in mein Kichern ein. Es tut gut, so aufgestellte, liebe Menschen in seinem Leben zu haben, denke ich, als er mich zudeckt.

Ich werde von lautem Schwatzen und Gelächter geweckt. Lucky kommt aufgeregt an mein Bett, als er bemerkt, dass ich wach bin. Dicht gefolgt von Philip. „Hallo Schätzchen", sagt er liebevoll und gibt mir einen warmen Kuss. Wie automatisch greife ich nach seinem Arm, und er hilft mir aus dem Bett. „Du bist ja komplett bekleidet", bemerkt er. „Na ja, wäre es dir lieber gewesen, dein Bruder hätte mir beim Ausziehen geholfen?", frage ich belustigt. Mit einem grimmigen Blick greift er nach meiner Hand und zieht mich mit sich aus dem Zimmer. Draußen sind alle meine Freunde bereits versammelt. Meine Freude darüber, dass sie da sind, treibt mir schon wieder die Tränen in die Augen. Julia kommt auf mich zu und nimmt mich in den Arm. Damit ist der Damm gebrochen, und ich schluchze laut. Rund um mich herum höre ich Gekicher, und ich hebe etwas gekränkt den Kopf. Julia streichelt meine Wange und grinst mich an. Wie soll man da böse sein? Alle nehmen um den großen Gartentisch herum Platz, und Philip hilft mir auf den Stuhl neben Rebekka. Er selbst setzt sich auf die andere Seite neben mich. Auf dem Tisch steht schon einiges an Essen bereit. Das Grillen habe ich wohl verpasst, was? Es ist schön, mit meinen Freunden zusammen zu sein und doch bedrückt mich etwas. Irgendwie kann ich nicht richtig an der Konversation teilnehmen. Mein Kopf kommt mit dem Stimmengewirr nicht klar, und ich kann kaum in Worte fassen, was ich eigentlich sagen möchte. Der Mund spricht ein anderes Wort aus, als der Kopf meint, und ich merke es nicht einmal. Ab und zu sehen mich alle total verwirrt an, weil keiner verstanden hat, was ich sagen wollte. Etwas geknickt halte ich mich aus den Gesprächen heraus. Allein das Zuhören ist schon wahnsinnig anstrengend für mich. Beim Versuch, einfach zu genießen, dass meine Liebsten um mich herumsitzen und meinetwegen hier sind, ertappt mich Philip. „Ist irgendetwas nicht in Ordnung, Schatz?" Ich sehe schon wieder die Sorgenfalten auf seiner Stirn. Die gehen wohl nie mehr weg. „Du sollst dir keine Bäume machen um mich. Es ist schon gut", sage ich leise. Verdutzt sieht er mich an. Was ist denn nun wieder los? Beim Wiederkäuen meiner letzten Worte fällt mir der Fehler selbst auf,

und ich versuche es erneut. „Keine Bäu, Bäum, Sorgen meine ich."
Total gedemütigt starre ich auf den Tisch vor mir. Wie peinlich
das ist. Rebekka legt mir die Hand auf den Arm und sagt mit
sanfter Stimme: „Das macht doch nichts, das wird schon wieder. Du hast schon so viel geschafft." Viel? Ich lege meine Stirn
in Falten. „Na ja, ich meine seit dem Koma. Du konntest nicht
sprechen, nicht selbst sitzen oder gehen. Wir sind so froh, dass
du wieder bei uns bist", meint sie. Alle stimmen ihr zu. Aufs
Neue kullern mir die Tränen über die Wangen. Ich habe keine
Chance, sie aufzuhalten. Schon immer war das mein Problem,
aber in letzter Zeit habe ich das Gefühl, ich weine ständig. Das
Ganze ist so anstrengend für mich, dass mir Philip mitteilt, es
wäre Zeit fürs Bett und mich ins Haus bringt.

Mein Stolz steht mir wieder einmal im Weg. Jetzt, wo ich
wieder weiß, was genau hier vor sich geht, möchte ich nicht,
dass Philip mir im Bad behilflich ist. „Ich schaffe das schon allein." Besorgt lässt er mich allein ins Bad gehen, und ich schließe die Tür. Meine Nachtcreme fällt mir ins Waschbecken, und
kaum ist das Geräusch zu hören, geht die Tür auf. Er hat mir
verboten, abzuschließen. „Himmel, mir ist nur etwas aus der
Hand gefallen", sage ich grimmig und schicke ihn wieder hinaus.
Ihm muss doch klar sein, wie unangenehm mir sein Verhalten
ist. Ich schnaube vor mich hin. Zur Sicherheit, dass ich nichts
vergessen habe, lasse ich meinen Blick durch das Badezimmer
wandern. Hier müsste auch wieder einmal sauber gemacht werden, denke ich. Kaum trete ich aus dem Bad, steht Philip vor
mir. Ich bedenke ihn mit einem grimmigen Blick und schleife
mich mühsam ins Schlafzimmer. Dort angekommen versuche
ich, meine Kleider auszuziehen. Schon allein beim T-Shirt habe
ich einige Probleme. Wenn man einen Arm nicht richtig anheben kann, ist das gar nicht so einfach, und ich verliere beinahe
das Gleichgewicht. Philip möchte mir zu Hilfe eilen, doch mein
böser Blick stoppt ihn. Immerhin bin ich schlau genug, mich
der Hose sitzend zu entledigen. Nächste Herausforderung, Socken. Mein Bein bekomme ich nur einige Zentimeter über den
Boden. Ich muss also mit meinem linken Arm mithelfen. Jetzt

fehlt mir leider eine intakte Hand, um die Socke auszuziehen. Mühselig und mit einigem Kraftaufwand schaffe ich es dann doch und bin fast schon stolz darauf. Wie seltsam, stolz auf so etwas zu sein. Philip schmunzelt schon ein wenig, als er mir beim Versuch, den BH zu öffnen, zusieht. Mit nur einem Arm ist es tatsächlich eine unmögliche Aufgabe. Gekränkt sehe ich ihn flehend an, und er kommt mir zu Hilfe. Nicht ohne mich darauf hinzuweisen, dass das Ganze von Anfang an einfacher gewesen wäre, wenn ich nicht so stur wäre. Beleidigt ziehe ich mir die Decke übers Gesicht. Er zieht die Decke wieder zurück und gibt mir einen Kuss auf die Stirn. „Schlaf gut."

Ich wache auf. Philip liegt noch schlafend neben mir im Bett. Es muss Wochenende sein. Wie momentan üblich, kuschelt sich Lucky in meine Kniebeuge, und ich genieße das wohlige Gefühl, zu Hause zu sein. Eigentlich ist es schrecklich, dass man so etwas erleben muss, bevor man solche Kleinigkeiten genießen kann, denke ich. Tief in Gedanken versunken, sinniere ich über die vergangenen Wochen. Ich muss mir eingestehen, dass immer noch nicht alles wirklich klar ist. Sogar alles andere als klar. An einige wenige Momente kann ich mich wieder erinnern, aber im Großen und Ganzen ist da nur ein schwarzes Loch. Erdrückt von meiner eigenen Unsicherheit, fühle ich trotzdem eine tiefe Dankbarkeit. Dankbarkeit meinem Mann und meinen Freunden gegenüber. Und gleichzeitig habe ich so ein wahnsinnig schlechtes Gewissen. Philip dreht sich neben mir im Bett um und legt seinen Arm um mich. „Es ist so schön, wieder neben dir aufzuwachen", murmelt er leise und genießerisch. Bei diesem Satz fällt mir auf, dass er doch immer neben mir aufgewacht sein muss. Nur nicht hier, in unserem Zimmer. „Wo hast du die letzten Wochen geschlafen?", frage ich ihn mit erstickter Stimme. „Geschlafen habe ich eigentlich gar nicht. Ich war immer bereit für den Fall, dass du aufstehen möchtest. Da du so oft dabei hingefallen bist, konnte ich gar nicht mehr richtig einschlafen", erklärt er mir schläfrig. Du meine Güte, der arme Mann. Das schlechte Gewissen überwältigt mich fast, und ich versuche, nicht zu weinen. Doch wie üblich gelingt mir das nicht, und ich schluchze leise. Philip nimmt mich fester in den Arm und sagt beschwichtigend. „Ist schon okay." Gar nichts ist okay. Nur weil ich fast zwei Monate gebraucht habe, um zu wissen, dass mein Bein gelähmt ist, musste er mich beaufsichtigen. Weil ich mich nicht daran erinnern konnte, was passiert ist, musste er mich alle zwei Minuten daran erinnern. Kaum vorstellbar, was er durchgemacht hat. „Ich war so froh, als du aus dem Koma aufgewacht bist, da war mir alles andere egal", meint er, als könne er meine Gedanken lesen. Mein Bauch krampft sich zusammen, und mein Hals brennt. Es tut mir so leid.

Lange liegen wir noch schweigend so zusammen, und ich sauge das schöne Gefühl der Zweisamkeit in mir auf. „Können wir zu Shila fahren?", frage ich ihn schließlich ganz vorsichtig. „Klar", meint er mit einem versteckten Grummeln. Verständlich, dass er nicht hocherfreut ist, mich in der Nähe der Pferde zu wissen. Aber das ist nun einmal mein Leben. Das ganze Prozedere mit der Morgentoilette, dem Anziehen und ins Auto helfen meistern wir mittlerweile sehr routiniert. Philip nimmt es extrem gelassen, und ich habe mich mittlerweile damit abgefunden, Hilfe zu benötigen. Im Pferdestall angekommen, hilft er mir aus dem Auto, und ich steuere auf Shila zu. „Kannst du mir helfen, sie herauszuholen? Ich möchte sie gern putzen", frage ich ihn. Shila liebt es, geputzt und geknuddelt zu werden. Widerwillig hilft mir Philip, sie auf den Putzplatz zu führen. Es geht ziemlich gut, denn ich kann mich an ihr stützen, während ich sie führe. Praktischerweise hat sie kein Problem mit engem Körperkontakt zu mir und ist mir so eine gute Gehhilfe. Ausgiebig putze und striegle ich Shilas Fell, und sie genießt es sichtlich. Philips Gesicht spricht eine komplett andere Sprache. Er hält es kaum aus, mich so nah bei ihr zu sehen. Er wird immer ungeduldiger, und irgendwann gebe ich nach, und wir versorgen Shila wieder in ihrer Box. Wieder zu Hause angekommen, hilft mir Philip aus dem Auto, und ich lege mich total erledigt aufs Sofa und schlafe ein.

Ich wache auf, und Philip und Lucky liegen an mich gekuschelt auf dem Sofa. Lucky darf jetzt also auch aufs Sofa, stelle ich fest. Liebevoll streichle ich über Philips Schulter. Es gelingt mir nicht, gleichzeitig Lucky zu kraulen. Das nervt vielleicht. Philip streckt sich und fragt mich, ob wir einen Spaziergang machen sollen. Hocherfreut über sein Angebot versuche ich aufzustehen. Mit einiger Anstrengung gelingt es mir. Es fühlt sich schwieriger an als sonst. Das muss daran liegen, dass ich mich schon mit dem Pferdeputzen verausgabt habe. Wie letztes Mal führt Philip mich und hält Lucky an der Leine. „Ich möchte versuchen, selbst zu laufen", bitte ich ihn. Wie wenn ein Kind das erste Mal selbst Fahrrad fährt, geht er vorsichtig neben mir her. Immer bereit, mich zu fangen, die Arme ausgestreckt. „Lass das", tadle ich ihn. Wenn das einer sieht, denkt man wieder, wir seien besoffen. Tatsächlich schaffe ich es, den kompletten kleinen Spaziergang selbst das Gleichgewicht zu halten, und bin sehr stolz auf mich. Zu Hause angekommen bin ich total erledigt und habe Hunger wie ein Bär. Normalerweise hätte ich mich jetzt in die Küche gestellt und gekocht, doch das übersteigt momentan mein Können. Gedemütigt und gleichzeitig dankbar für Philips Einsatz setzte ich mich wieder aufs Sofa.

Ich muss eingeschlafen sein, denn als Nächstes sehe ich, wie Philip das Essen auf den Tisch stellt. Er hat für mich gekocht, wie lieb von ihm. Eine wohlige Wärme der Geborgenheit überkommt mich. So ein Glück, dass ich ihn habe. Total überwältigt von meinen Gefühlen für ihn, setze ich mich an den Tisch. Philip muss mein breites Grinsen aufgefallen sein, und er meint belustigt: „Ich hoffe, es schmeckt dir, wenn du dich so aufs Essen freust." Schmunzelnd nehme ich einen Bissen. „Wow. Das schmeckt ja klasse. Seit wann kannst du so gut kochen?", frage ich ihn scherzend. „Na ja, ich war eine Zeit auf mich allein gestellt", antwortet er bedauernd. Oje, das hat mir gerade noch gefehlt. Das schlechte Gewissen kommt wieder wie ein Gewitter über mich, und mir steigen Tränen in die Augen. „So mies schmeckt es nun auch wieder nicht, oder?", witzelt er. Da er weiß, wie er mich wieder zum Lachen bringt, sind die Tränen schnell Geschichte, und ich kichere. Verwundert spreche ich Luckys Müdigkeit seit unserem kleinen Spaziergang an. Es gab Zeiten, da war er nicht kleinzukriegen. „Der ist auch nicht mehr der Jüngste, Schatz", meint Philip. Klingt logisch, aber irgendwie ist es trotzdem seltsam. Vor dem Unfall war er nach meiner Erinnerung noch topfit. Ich grüble nach, und mir wird plötzlich bewusst, dass sich wohl keiner wirklich um ihn gekümmert hat, die letzten Wochen. Ich bin schuld. Meinetwegen hatte niemand Zeit für ihn, und er büßt es jetzt. Meinetwegen ist er nun so schnell gealtert, weil er keine regelmäßige Bewegung mehr hatte. Mir wird ganz schwer ums Herz, und wie so oft, fange ich zu weinen an. „Schatz, das ist doch ganz normal, es wird jeder älter", versucht Philip mich zu trösten. Nein, das ist falsch, ich bin schuld daran, nicht sein Alter. Mühsam setze ich mich auf den Boden neben Lucky und lege meine Arme fest um ihn. Was habe ich mit ihm schon alles erlebt! Wir hatten so schöne Zeiten zusammen. Wie es ihm wohl ging, als ich nicht hier war? Mein Bauch krampft sich zusammen, und ich weine in sein Fell. „Ich will Shila bewegen", sage ich im Befehlston. „Bitte was? Wie soll das denn gehen?" Philip ist total außer sich. „Ein Pferd braucht nun einmal Bewegung. Und ich habe sie schon lang genug allein gelassen", erwidere ich stur. „Darüber solltest du mit Julia reden. Sie hat sich seit deinem Unfall um sie gekümmert", meint er tonlos. Sofort greife ich zum Telefon und wähle Julias Nummer. Bereits nach zweimal klingeln geht sie ran. „Hei! Das ist ja schön, dass du mich anrufst. Deine Nummer auf dem Display zu sehen, tut richtig gut", flötet sie in den Hörer. Total gerührt von ihrer freudigen Begrüßung, brauche ich einen Moment, bis ich ihr antworten kann: „Ich möchte Shila bewegen. Bringst du mich hin?" Julia ist total begeistert von der Idee und verspricht, mich gleich morgen abzuholen. Jemand anderes ist da weniger erfreut. „Muss das sein?", fragt Philip mich mit flehendem Blick. „Ja, muss es", gebe ich stur zurück. Verflogen sind mein schlechtes Gewissen und Dankbarkeit ihm gegenüber. Jetzt geht es nur noch um Shila.

Wie schnell der Egoist in mir zurück ist, denke ich tadelnd. Wir verbringen den Abend gemeinsam vor dem Fernseher, und ich bekomme wieder nur den halben Film mit. Wie immer schlafe ich ein, und Philip muss mir schlaftrunken ins Bett helfen. Total aufgekratzt wache ich frühmorgens auf. Meine Vorfreude ist riesig. Mit meinem freudigen Gezappel wecke ich Lucky, der dann auch sofort Philip weckt. Dieser ist wenig erfreut, als er auf die Uhr sieht. Er sieht mir meine Vorfreude an und ist ziemlich genervt. Kurzerhand steht er auf und verschwindet im Bad. Als er zurückkommt, fragt er mich nach einem Spaziergang mit Lucky. „Wenn wir schon wach sind, können wir auch etwas tun", findet er. Erfreut über seinen Vorschlag versuche ich, mich zügig anzuziehen. Leider klappt das immer noch nicht richtig, und Philip geht mir sofort zur Hand. Während unseres Spaziergangs kann er es sich nicht verkneifen, mich zu ermahnen, vorsichtig bei den Pferden zu sein. Ziemlich gereizt gebe ich ihm ein patziges „Ja, ja" zur Antwort. Wir machen die übliche kurze Runde und sind deshalb auch schon bald wieder zu Hause. Ich versuche, Lucky zu füttern, und Philip macht in dieser Zeit unser Frühstück bereit. Während des Essens sprechen wir kaum einen Satz miteinander. Wortlos räumt er den Tisch auf, und ich bleibe etwas genervt sitzen. Kurz darauf klingelt es an der Tür, und Julia steht bereit, um mich mitzunehmen. Peinlich berührt frage ich sie, ob sie mir ins Auto helfen kann. Sie ist bestürzt über ihre unsensible Art und eilt mir schnell zu Hilfe. Unterwegs plappert sie unentwegt ausgelassen vor sich hin. Sie scheint sich wirklich zu freuen. „Shila darf nur im Schritt bewegt werden. Seit ihrer Lahmheit nach dem Sturz war sie auch nicht auf der Wiese", erklärt sie mir. Oje die Arme. Wie sie sich gelangweilt haben muss. Das schlechte Gewissen steht mir wohl ins Gesicht geschrieben, denn Julia meint: „Keine Sorge. Ich war fast täglich draußen mit ihr. Hab sie am Strick über die Wiese geführt, damit sie doch etwas Gras fressen konnte." „Oh wow, danke vielmals", stottere ich total gerührt von dieser Geste. Das wusste ich ja gar nicht. So viel Arbeit hat sie sich unseretwegen gemacht. Julia winkt ab und parkt dann vor dem Hof.

Nach einer ausgiebigen Putzeinheit gehen wir eine Runde mit Shila spazieren. Natürlich können wir nicht weit gehen, denn mehr als zehn Minuten bekomme ich einfach noch nicht hin. Danach führt sie Julia auf die Wiese, damit sie etwas grasen kann. Auf der Wiese fällt es mir extrem schwer, das Gleichgewicht zu halten, und ich stütze mich an Shilas Hals ab. Julia und ich quatschen und plappern wie früher. Das tut so gut. Leider merke ich bald, dass ich wahnsinnig müde werde und kaum noch stehen kann. Deshalb bitte ich Julia, mich nach Hause zu bringen. Dort wartet bereits ein total besorgter Philip auf uns. „Das war ja kaum auszuhalten. Hättest du dich nicht zwischendurch einmal melden können?", meint er atemlos mit einem extrem gestressten Gesichtsausdruck. Er tut mir wirklich sehr leid, aber es nervt auch. Schließlich war ich ja gerade einmal zwei Stunden unterwegs. Nach einer kurzen Entschuldigung lasse ich mich aufs Sofa plumpsen und bin sofort weg.

Als ich das nächste Mal aufwache, ist es schon fast dunkel. Wie lang habe ich wohl geschlafen? Von draußen höre ich zwei Männerstimmen. Ich kämpfe mich hoch und gehe in den Garten. Dort sind Philip und sein Bruder Olaf. Gemütlich bei einem Bier sitzen sie zusammen, wie sie es schon immer getan haben. Die beiden sind unzertrennlich. Auch wenn sie oft nicht einer Meinung sind, sie tun alles gemeinsam. Manchmal bin ich beinahe etwas eifersüchtig. Olaf schenkt mir ein charmantes Lächeln und Philip meint: „Du hast das Abendessen verschlafen. Und das Mittagessen. Hast du noch Hunger?" Ich verneine die Frage, obwohl mein Bauch laut knurrt. Er soll jetzt mit seinem Bruder quatschen und nicht schon wieder meinen Butler spielen. „Ich mache mir selbst etwas", sage ich, und Philips Antwort sind panisch hochgezogene Augenbrauen. „Du solltest kein Messer benutzen!", befiehlt er mir empört. Etwas genervt gebe ich mich geschlagen und hole mir ein Joghurt. „Löffel darf ich, ja?", frage ich sarkastisch, und Olaf prustet los. „Das ist nicht witzig", meint Philip böse. So zornig habe ich ihn selten erlebt. Ich halte mich zurück und konzentriere mich auf mein Joghurt. Olaf gelingt es, ihn wieder auf andere Gedanken zu bringen, und die beiden reden ungestört weiter. Später stößt Cornelia auch noch zu uns. Liebevoll küsst sie Olaf zur Begrüßung, und setzt sich neben ihn. Diese intime Geste rührt mich sehr, und ich freue mich für die beiden. Einige Zeit sitzen wir so zusammen in unserem Garten, und ich genieße das sehr. Irgendwann verabschieden sich die beiden, und wir gehen auch zu Bett. Da morgen ein Feiertag ist, kann Philip noch einmal ausschlafen, und das freut mich. Er ist so erledigt, dass er sofort einschläft. Obwohl ich den halben Tag geschlafen habe, geht es mir genauso.

Als ich wach werde, beschließe ich, ihn schlafen zu lassen und wie früher gewohnt mit Lucky eine Runde zu gehen. Die Badroutine und das Anziehen benötigen meine volle Konzentration. Möglichst leise versuche ich, alles zu erledigen, und schnappe mir Luckys Leine. Die kleine Runde, die wir jetzt schon zweimal gemacht haben, muss ich doch allein schaffen, denke ich mir. Zum Glück ist Lucky sehr gut erzogen und brav an der Leine, so kann ich mich total auf meine Füße konzentrieren. Den Blick direkt nach vorn gerichtet, stapfe ich vor mich hin. Mein Gleichgewicht lässt es nicht zu, dass ich den Kopf drehe. Hoffentlich erkennt mich niemand, denn ich benötige die volle Aufmerksamkeit für mich selbst. Das Handy klingelt in meiner Hosentasche. Um es herauszufischen, muss ich stehen bleiben, denn ich gerate sofort ins Wanken. „Wo zum Teufel bist du?", keift Philip mich am anderen Ende an. Perplex aufgrund der Aggressivität in seinem Tonfall, sage ich erst einmal gar nichts. „Eva!" Oh, wenn er meinen Vornamen benutzt, sieht es wirklich düster aus für mich. „Ich bin mit Lucky unterwegs", sage ich kleinlaut. „Wie bitte? Wo seid ihr? Ich hole euch ab!", brüllt er ins Telefon. Was ist bitte gerade das Problem? Das habe ich früher doch immer getan. Das ist das Normalste der Welt. „Wir sind gleich wieder zu Hause. Kein Grund, so launisch zu sein!" Innerlich brodle ich, doch ich halte mich zurück. Was fällt ihm ein? Ich bin doch kein kleines Kind mehr und einen Vormund brauche ich auch nicht. „Okay", meint er und legt auf. Fuchsteufelswild starre ich mein Handy an. Am liebsten würde ich es auf den Boden knallen. Was ist bloß in meinen Mann gefahren? Wieder muss ich meine volle Konzentration dafür aufwenden, das Handy in meiner Hosentasche zu verstauen und dann erst loszugehen. Es ist frustrierend, dass ich nicht zwei Dinge gleichzeitig erledigen kann. Wir Frauen können das doch normalerweise. Zu Hause angekommen erwartet mich ein stinkwütender Philip an der Tür. Er zieht mir Luckys Leine aus der Hand, und der arme Hund fliegt fast ins Haus. Jetzt bin auch ich richtig sauer. In keifendem Tonfall frage ich ihn, ob er noch ganz richtig tickt und versuche, die Tür hinter mir zuzuknallen. Leider falle ich dabei fast hin, und Philip kann mich gerade noch auffangen. „Siehst du! Genau deswegen sollst du nicht allein aus dem Haus. Ich bin fast durchgedreht vor Sorge, als ich aufgewacht bin und du nicht da warst", wirft er mir vor. Seine Hand, die mich gefangen hat, liegt noch auf meinem Rücken, und das gefällt mir gar nicht. Ich versuche, mich von ihm zu lösen, doch ich habe keine Chance. „Lass mich los, du!", blaffe ich ihn an. Total irritiert lässt er die Hand sinken, und ich tobe an ihm vorbei. Oder zumindest versuche ich das, er soll sehen, wie wütend er mich macht. Philip bleibt wie angewurzelt am Eingang stehen, und ich hinke wütend von dannen. Auf der Bettkante setze ich mich und starre wütend auf den Boden vor mir. Nach einiger Zeit kehre ich langsam zu ihm zurück. Die blanke Enttäuschung spiegelt sich in seinen Augen wider, und er sieht mich traurig an. „Du kannst dir nicht vorstellen, wie schlimm das ist. Ich hatte solche Angst um dich. Man hat mir im Krankenhaus gesagt, dass du vielleicht nie wieder die Augen öffnest", gesteht er mir leise und mit Tränen in den Augen. Innerlich zerreißt es mich fast. Er musste so um mich bangen, und ich weiß nichts Besseres, als ihm wieder Angst zu machen. Aber es war doch nur ein kleiner Spaziergang. Auf alles kann ich doch auch nicht nur aus Rücksicht auf seine Gefühle verzichten. „Ich wollte doch nur, dass du ausschlafen kannst", erwidere ich tonlos. „Nach dem Schreck, den du mir eingejagt hast, brauche ich sicher eine Woche Schlaf am Stück", meint er nun wieder ein bisschen schmunzelnd. „Tut mir leid", brummle ich. Es tut mir wirklich wahnsinnig leid. Was der arme Kerl meinetwegen schon durchgemacht hat. Wochenlang schläft er kaum, um auf mich aufzupassen, und wenn er dann endlich einmal schlafen kann, fällt mir so ein Mist ein. Ohrfeigen könnte ich mich. „Soll ich Frühstück machen?", frage ich entschuldigend. „Oh nein. Das lässt du schön sein. Ich erledige das, und du setzt dich schon einmal an den Tisch", befiehlt er. Er denkt wohl, ich bin zu gar nichts mehr zu gebrauchen. Aber ich möchte nicht erneut streiten. Geknickt tue ich wie befohlen und setze mich hin. Eilig bringt er das Frühstück zum Tisch, und wir essen gemeinsam. Doch wir sprechen kein einziges Wort miteinander. Die Stimmung ist eisig. Widerwillig bleibe ich sitzen und lasse ihn wieder aufräumen. Nicht, dass ich wieder etwas falsch mache, denke ich. So nichtsnutzig bin ich mir selten vorgekommen. Frustriert lege ich mich aufs Sofa. Das Ganze war schon wieder zu viel für mich, und ich bin müde. Solche Streitereien belasten meinen Kopf noch sehr. Dieser Gedanke betrübt mich. Ich möchte nicht immer müde sein. Mein Gesicht drücke ich tief ins Kissen, und Lucky kuschelt sich neben mich. Ich streichle ganz benommen sein Fell. So geborgen von seiner Zuneigung schlafe ich schließlich ein.

Ich spüre eine Hand auf meinem Rücken. Philip hat sich zu uns gesellt. Eine Mischung aus Wut und schlechtem Gewissen rumoren immer noch in meinem Bauch. „Sollen wir deine Eltern besuchen?", fragt er mich. Meine Eltern? Genau. Wie konnte ich das vergessen? Ich habe an niemanden außer an mich selbst in letzter Zeit gedacht. Ihnen muss es auch schrecklich dank mir ergangen sein, und ich habe keinen Gedanken an sie verschwendet. Das schlechte Gewissen nimmt wieder einmal überhand. Auch wenn ich weiß, dass ich in meinem Zustand einfach nicht fähig war oder bin, mir Gedanken über andere zu machen, trifft mich das hart. Mit traurigem Blick stimme ich einem Besuch zu. „Freust du dich nicht, sie zu sehen?", fragt mich Philip etwas verwundert. „Doch natürlich. Aber ich habe mir nie Gedanken darüber gemacht. Ich habe sie einfach vergessen", antworte ich kleinlaut, und Tränen kullern über meine Wangen. Lucky bemerkt meine Traurigkeit und stupst mit seiner Nase an mein Kinn. Ich muss lachen. Das hat er schon immer gekonnt. Mich zum Lachen zu bringen, wenn ich mich schlecht fühlte. „Na dann sollte ich wohl einmal etwas Sauberes anziehen, was?", sage ich und kämpfe mich zum Schlafzimmer. Der einzige Grund, den ganzen Tag faul im Bett zu bleiben, ist wohl, dass man sich dann nicht anzuziehen bräuchte. Das ist so eine Anstrengung für mich, dass mir schon richtig graut davor. Allein mir Gedanken darüber zu machen, was ich denn anziehen soll, macht mich schon ganz konfus. Am einfachsten ist es, wenn ich meinen Kopf überhaupt nicht gebrauchen muss. Seltsam, wenn solche alltäglichen Kleinigkeiten eine solch große Herausforderung darstellen. Das hebt meine Laune auch nicht gerade. Aber ich möchte auch nicht, dass Philip mir immer hilft. Ich möchte wieder selbstständig werden.

Endlich habe ich es geschafft, und wir setzen uns gemeinsam ins Auto. „Wann habe ich denn meine Eltern zuletzt gesehen?", will ich wissen. „Sie waren ein paarmal bei dir in der Reha, aber deiner Mutter ging es zuletzt auch nicht so toll. Deswegen waren sie vor drei Wochen zuletzt da", erklärt mir Philip. Erschrocken frage ich: „Wieso? Was hat sie denn?" „Ganz ruhig. Sie ist gestürzt und hat sich am Knie verletzt. Aber nichts Lebensbedrohliches", versucht er mich zu beruhigen. „War sie im Krankenhaus?", will ich noch wissen. „Nein, so schlimm war es nicht. Aber sie ist halt an Krücken gefesselt", erklärt er mir ruhig. Diese Information muss ich erst einmal verarbeiten. Meine Mutter war verletzt, und ich war nicht da. Wie so oft in letzter Zeit schlägt das schlechte Gewissen wieder zu. Ich weiß gar nicht mehr, wie es sich anfühlt, wenn der Bauch nicht brennt. Hört das denn nie auf?

Wir müssen eine Stunde lang Auto fahren, und ich schlafe ein. Als wir endlich ankommen, weckt mich Philip mit einem Kuss auf die Wange. Da ich so lange in der gleichen Stellung dagesessen bin, brauche ich Hilfe beim Aussteigen. Das nagt sehr an meinem Selbstwertgefühl. Für jede Kleinigkeit Hilfe zu benötigen, so abhängig zu sein, macht mich schwermütig. Einige Male konnte ich jetzt schon selbst aussteigen. Ein derber Rückschlag für mich. Wie ein geübter Krankenpfleger führt mich Philip zur Eingangstür und wir klingeln. Einen Moment später steht mein Vater total aufgeregt an der Tür. „Ich freue mich so, dass ihr da seid", jauchzt er und fällt mir um den Hals. Es kostet mich einiges an Anstrengung, das Gleichgewicht zu halten. Total gerührt von diesem herzlichen Empfang fange ich zu weinen an. Wie immer. Er sieht mich entsetzt an. Mir wird klar, dass er noch nicht wissen kann, dass mir das dauernd passiert, und ich versuche, es ihm schluchzend zu erklären. Er zeigt sich verständnisvoll, aber doch verwirrt und führt uns ins Haus. Am Tisch sitzt meine Mutter, die gerade Anstalten macht, aufzustehen. Mit einer Handbewegung bedeute ich ihr, sitzenzubleiben, und setze mich umständlich neben sie. Schluchzend versuche ich ihr zu erklären, wie schlecht ich mich wegen meiner Abwesenheit während ihrer Krankheit fühle. Sie hebt abwehrend die Hände. Denn sie fühlt sich genauso schlecht wie ich, weil sie umgekehrt auch für mich nicht da sein konnte. Wir weinen und schluchzen zuerst gemeinsam und fangen dann lauthals zu lachen an. Die Männer beobachten die skurrile Szene aus einiger Entfernung skeptisch. Irgendwann stimmen auch sie in unser Gelächter ein und setzen sich zu uns. Aufgeregt plaudern wir eine ganze Weile über dies und das. Mein Vater bringt Kaffee und Kekse zum Tisch, die wir genüsslich vertilgen. Irgendwann gebe ich zu bedenken, dass Lucky allein zu Hause sitzt und wohl wieder einmal raus sollte. Wir verabschieden uns mit vielen Schluchzern und Lachern voneinander. Das war schön, aber dieser Besuch hat mich dermaßen erledigt, dass ich im Auto sofort einschlafe. Schlaftrunken merke ich, dass Philip mich zum Sofa trägt. Er legt mich vorsichtig hin, gibt mir einen Kuss auf die Stirn und erklärt mir, dass er kurz allein mit Lucky rausgeht. Ich kriege das Ganze nur am Rande mit und schlafe sofort wieder ein.

Als ich das nächste Mal aufwache, höre ich, wie Philip in der Küche hantiert. Er ist schon ein toller Kerl, denke ich so bei mir. Eingehüllt in einer molligen Wärme aus Glück und Liebe kuschle ich meinen Kopf ins Sofakissen. Es fühlt sich einfach gut an, in seiner Nähe zu sein. Er bemerkt, dass ich wach bin, und hilft mir wortlos auf. Wie aufmerksam. Es ist schön für mich, nicht um Hilfe bitten zu müssen. Das mag ich gar nicht, und das weiß er. Sanft setzt er mich auf einen Stuhl am Tisch, den er auch schon gedeckt hat. „Danke", flüstere ich ihm zu, und wir küssen uns zärtlich. „Hast du großen Hunger?", fragt er mich, bevor er wieder in die Küche geht. „Oh ja, und wie!", antworte ich. „Es riecht toll!", rufe ich ihm nach. Ich genieße das Essen sehr, vor allem, weil ich mittlerweile wieder in der Lage bin, fast normal mit dem Besteck umzugehen. Es war immer sehr entwürdigend, mir das Essen klein schneiden zu lassen. Ich kam mir vor wie ein Kleinkind. Es trägt extrem zu meiner Selbstsicherheit bei, dass ich das jetzt wieder selbst kann. Genüsslich grinse ich beim Essen vor mich hin, und Philip beobachtet mich interessiert. „Fahren wir nach dem Essen zu Shila?", frage ich ihn gut gelaunt. Seine Miene wird etwas härter, aber er stimmt dennoch zu. Mühsam, wenn man nicht selbst Auto fahren kann, denke ich. Diese Freiheit vermisse ich schon sehr. Einfach das zu machen, wozu ich Lust habe, ohne die Hilfe anderer in Anspruch zu nehmen. Immer für jede Kleinigkeit um Hilfe bitten. Das mache ich extrem ungern, aber momentan muss ich das ständig. Meine Laune verschlechtert sich merklich, und ich versuche, nicht mehr darüber nachzudenken. Eigentlich sollte ich einfach nur dankbar sein, dass es so viele Menschen gibt, die mir gerne helfen wollen. Dieser Gedanke geht auf direktem Weg zu meinen Tränendrüsen, und ich versuche, auch ihn zu vertreiben. Einfach an Shila denken. Nur an Shila. Meine Vorfreude steigt. Total motiviert versuche ich beim Abräumen zu helfen, merke aber schnell, dass ich mehr im Weg stehe als etwas anderes. Philip drückt mich belustigt zurück auf meinen Stuhl und erledigt alles im Handumdrehen. Ich gehe inzwischen ins Schlafzimmer, um mich umzuziehen. Mittlerweile weiß ich ja, dass ich einiges an Zeit dafür einplanen muss. Beeilen kann ich mich dabei ganz und gar nicht. Endlich eingekleidet trete ich in den Flur und setze mich hin, um die Schuhe anzuziehen. Das schaffe ich nun auch größtenteils selbst. Ich frag mich, wann ich wohl wieder Autofahren darf, spreche es vorsichtshalber aber lieber nicht aus. Philip fährt mit mir zu Shila, und wir verbringen einige Zeit bei ihr. Das ist schön. Dieser Tag hat mich dermaßen erledigt, dass wir den Abend nur noch faul vor dem Fernseher verbringen und ich den größten Teil des Films verschlafe. Es ist wieder ein Arbeitstag, und Philip muss zur Arbeit. Julia fährt mich später zur Therapie. Es macht mir sehr zu schaffen, dass ständig jemand für mich da sein muss, um meinen Chauffeur zu spielen. Alle hätten doch sicher genug mit ihrem eigenen Leben zu tun, auch ohne mich. So wahnsinnig viel Zeit investieren meine Freunde, nur für mein Wohl. Das schlechte Gewissen plagt mich schon wieder den ganzen Morgen. Eigentlich wollte ich noch eine Runde mit Lucky drehen, aber Philip zuliebe lasse ich das wohl besser bleiben. Als Julia bei mir eintrudelt, haben wir noch Zeit für eine heiße Tasse Kaffee. Innig genieße ich es, einfach mit ihr zusammen gemütlich am Tisch zu sitzen. Wir schwatzen albern über total belanglose Dinge. Das mag ich an unserer Freundschaft. Wir können stundenlang quatschen, ohne auch nur ein einziges ernstes Thema dabei anzuschneiden. Es wird aber Zeit für uns, zu fahren, und wir müssen unseren Kaffeeklatsch beenden. Ziemlich enttäuscht lasse ich mich in ihr Auto plumpsen, und sie kichert amüsiert. Unterwegs fragt sie mich über meinen aktuellen Zustand aus und welche Therapien ich heute besuchen muss. Ohne die E-Mail der Klinik hätte ich das nicht beantworten können, ich kann mir einfach nichts merken. Total genervt schaue ich auf meinem Handy nach. „Heute habe ich das erste Mal Neuropsychologie. Keine Ahnung, was das ist", erzähle ich ihr ratlos. „Was machst du in der Zwischenzeit, kommst du mit?", frage ich sie. Denn sie darf ja die ganze Zeit totschlagen, während ich in der Klinik behandelt werde. Schon wieder plagt mich das schlechte Gewissen. „Nein, nein. Ich gehe wohl etwas einkaufen und trink irgendwo einen Kaffee. Aber dass du mir nicht wie letzte Woche bei Rebekka davonläufst", mahnt sie mich schmunzelnd. „Das habe ich getan?", frage ich ungläubig. „Ja klar, weißt du das nicht mehr?" Hmm. Irgendwie dämmert mir da etwas, aber auch wieder nicht. Das nervt. Julia bemerkt meinen deprimierten Gesichtsausdruck und versucht, mich mit einem Klaps auf die Schulter wieder aufzuheitern. „Ich warte einfach früh genug beim Empfang, dann kann ich dich nicht verpassen", meint sie belustigt. Entmutigt starre ich aus dem Fenster. Es fühlt sich einfach schrecklich an, dauernd von allen so umsorgt zu werden. Wie ein Kleinkind, dass ständig beaufsichtigt werden muss. Wo ist meine Selbstständigkeit? Ich will ihnen einfach nicht länger zur Last fallen. Aber scheinbar kann man mich ja wirklich nicht allein lassen.

Voller Tatendrang schaue ich der Therapie entgegen. Dort werde ich alles geben. Dieser Albtraum soll endlich vorbei sein. Vor der Klinik angekommen parkt Julia das Auto, und wir gehen zusammen zum Empfang. „Ich bringe hier Eva vorbei. Wann kann ich sie abholen?", höre ich Julia mit der Empfangsdame sprechen. Total gedemütigt komme ich mir dabei vor. Bin aber gleichzeitig froh, denn ich hätte das wohl selbst nicht geschafft. Nicht einmal, wo ich mich hinsetzen soll, kann ich mich entscheiden. Das übersteigt momentan total meine Fähigkeiten, und das verunsichert mich wahnsinnig. Julia weist mit der Hand auf einen freien Stuhl, und ich setze mich. Sie wartet mit mir, bis der erste Therapeut mich abholt. Anscheinend sind heute drei verschiedene Sitzungen für mich geplant. Die erste finde ich super. Der Physiotherapeut macht erst einige Dehnübungen mit mir, um zu sehen, wie gut ich mich bewegen kann, und massiert mir dann den Rücken. Die Lähmung der rechten Körperseite und die daraus resultierende Fehlhaltung haben wohl einiges mit meiner Muskulatur angestellt. Er zeigt mir einige Übungen, die ich täglich zu Hause absolvieren soll, und setzt mich dann wieder ins Wartezimmer. Ich finde ihn nett und möchte das, was er mir gezeigt hat, sehr gerne bis nächste Woche ausprobieren. Er hat mir erklärt, dass Dehnübungen im Moment wahnsinnig wichtig sind. Die Fehlbelastung hat meine Muskeln verkürzt, und das muss alles wieder gelöst werden. Nach kurzer Zeit begrüßt mich die nächste Therapeutin. Sie ist Logopädin und eine hübsche Erscheinung. Es ist etwas unangenehm, mit einer so gutaussehenden Frau über meine Defizite zu sprechen. Sie meint, ich würde das schon wieder hinbekommen, nur singen werde ich wohl nie wieder können. Dieser Satz ist wie ein Hieb in den Magen. Natürlich bin ich nur eine Duschensängerin, aber das tue ich mit größter Leidenschaft. Ihre Erklärungen gehen so weit, dass ich nur meinen Stimmbändern schaden würde, wenn ich jetzt singe. Da mein Gaumensegel nicht mehr richtig funktioniert, belaste ich sie falsch. Auch mein Zwerchfell war teilweise gelähmt, und das hat meine Atmung beeinflusst. Deshalb klingt meine Stimme auch so seltsam hoch. Es interessiert mich sehr, was sie zu sagen hat, doch es setzt auch meinem Selbstbewusstsein zu. Ziemlich beleidigt lasse ich mir auch von ihr noch einige Hausaufgaben mit auf den Weg geben und verziehe mich wieder ins Wartezimmer. Natürlich bin ich auch sehr motiviert, diese Übungen zu absolvieren. Es soll ja so schnell wie möglich alles wieder so sein wie vorher.

Die Schicksale, die ich im Wartebereich zu Gesicht bekomme, sind beängstigend. Mir selbst geht es, im Vergleich zu einigen Patienten hier, gerade zu hervorragend. Als ich so darüber nachgrübele, stupst mich jemand an der Schulter an. Ich war so tief in meinen Gedanken versunken, dass ich die lockige Blonde total ignoriert habe. Sie stellt sich als meine Therapeutin für Neuropsychologie vor. Aufgestellt redet sie mit mir auf dem Weg in ihr Behandlungszimmer. Kurz erklärt sie mir, worum es bei ihr genau geht. Ich höre heraus, dass sie entscheidet, wann ich wieder selbst Auto fahren darf. Das motiviert mich natürlich, mich besonders anzustrengen. Auf dem Programm stehen einige Konzentrations- und Reaktionstests, bei denen ich leider jämmerlich versage. In einem speziellen Computerspiel muss ich meine Fahrtüchtigkeit unter Beweis stellen, was mir leider überhaupt nicht gelingt. Entmutigt nehme ich auch von ihr noch einige Aufgaben für zu Hause entgegen und verabschiede mich kleinlaut.

Im Wartezimmer sitzt bereits Julia, und ich bin heilfroh, ein bekanntes Gesicht zu sehen. Gemeinsam verlassen wir das Gebäude, und sie mustert mich nachdenklich. „Was ist passiert?“, fragt sie mich auf dem Weg zum Parkplatz. „Ach nichts. Es ist einfach deprimierend, so unfähig zu sein. Ich kann einfach gar nichts mehr“, stammle ich, und das Gefühl, eine komplett wertlose Version meiner selbst zu sein, lähmt mich. Sie packt mich an den Schultern. „Was redest du denn da? Was haben diese Typen zu dir gesagt?", verärgert schaut sie in Richtung Klinik, und ich habe den Verdacht, dass sie gleich losstürmt und jemanden zur Schnecke macht. Aus Angst davor nehme ich ihre Hand und erkläre ihr kurz, was heute passiert ist. „Die haben nichts falsch gemacht. Es hat mir einfach jeden Mut genommen. Keine einzige Übung konnte ich wirklich erfüllen", sage ich schluchzend. Julia sieht mir streng in die Augen und sagt bestimmt: „Um das zu trainieren, sind wir ja schließlich hier! Seit wann gibst du denn so schnell auf? Denen zeigst du schon noch, was du alles draufhast." „Ja, okay", gebe ich kleinlaut zurück. Als Strafe für diese tonlose Antwort darf ich mir auf dem Nachhauseweg noch eine Motivationsrede anhören. Das ist eine von Julias größten Stärken. Große Reden schwingen, das kann sie gut. Auf unserem Parkplatz angekommen ist sie endlich fertig mit ihrer Predigt und sieht mich erwartungsvoll an. Tatsächlich haben ihre harschen Worte einiges bewirkt, und ich bin motiviert, allen zu zeigen, was in mir steckt. „Danke", sage ich leise zu Julia, und sie nimmt mich in den Arm, was mich zu meinem nächsten Tränenfluss führt. Es ist einfach zum Verrücktwerden. Meine Tränendrüsen führen ein Eigenleben. Sie kommt mit mir ins Haus und fängt sofort an zu kochen. Das auch noch? Sie hat sicher zu Hause selbst noch Arbeit. Das ist so frustrierend. Plötzlich merke ich, wie mich die Müdigkeit übermannt, und ich schlafe fast stehend ein. Julia packt meinen Arm und drückt mich auf einen Stuhl am Esstisch.

Ich wache auf. Von Weitem höre ich Philip und Julia leise miteinander reden. „Sie ist total erledigt", höre ich Julia sagen. Mein Hals ist furchtbar steif, und ich merke, dass ich am Esstisch eingeschlafen bin. Wie peinlich. Schnell richte ich mich auf, in der Hoffnung, dass das niemand bemerkt hat. Julia und Philip kommen mit dem Mittagessen ins Wohnzimmer, und ich grinse verlegen. Wir essen gemeinsam, und Julia unterhält sich gut mit Philip. Schön, den beiden zuzuhören. Ich selbst kann mich kaum an der Konversation beteiligen. Das ist einfach noch zu viel Input für mich. Deshalb konzentriere ich mich aufs Essen und Zuhören. Philip verabschiedet sich schon nach kurzer Zeit wieder von uns. Er muss zur Arbeit. Es ist so viel liegen geblieben, als er für mich sorgen musste und seine ganze Zeit für mich geopfert hat. Das tut mir so leid. Nachdem Julia die Küche aufgeräumt hat, schnappt sie mich unter dem Arm und geht mit mir gemeinsam in den Garten. „Magst du einen Kaffee?", fragt sie mich, als ich mich auf meinem Stuhl niedergelassen habe. Reflexartig versuche ich, wieder aufzustehen, doch sie ist schneller als ich und drückt mich an der Schulter zurück auf den Stuhl. Eigentlich sollte ich ihr einen Kaffee servieren und nicht umgekehrt. Wir sind ja hier schließlich bei mir zu Hause. Sie sieht mich schief an, grinst und geht zurück in die Küche. Beladen mit zwei Tassen frischen Kaffees, kehrt sie nach kurzer Zeit zurück. Sie gibt mir eine Tasse, und ich bedanke mich mit einem schiefen Lächeln bei ihr. Später gehen wir noch meine geübte Runde mit Lucky spazieren und setzen uns danach wieder in den Garten. Als ich bemerke, dass ich wieder fast in meinem Stuhl sitzend einschlafe, entschuldige ich mich und lege mich aufs Sofa.

Ich wache auf, und wieder höre ich Julia mit Philip reden. Sie erzählt gerade von unserem kleinen Spaziergang am Nachmittag. Eine dritte Stimme ertönt, und ich erkenne Ben, Julias Freund. Er ist ein netter Kerl, und doch fühle ich mich gerade sehr unwohl beim Gedanken, dass er mich jetzt so sieht. Ihn kenne ich erst seit etwa einem Jahr. Noch nicht lange genug, um solche Schwäche zu zeigen. Zum Glück verabschieden sie sich gerade voneinander. Ich atme auf. Philip kommt zu mir und streicht mir sanft übers Haar. „Na? War es anstrengend?" Ich seufze und lehne mich zurück. „Ja", erwidere ich leise und mutlos. „Heute Morgen war ich so motiviert, und jetzt fühle ich mich so schlapp. Das werde ich niemals alles wieder hinbekommen", jammere ich mit zitternder Stimme. Philips Gesicht zieht sich schmerzhaft zusammen, und er nimmt mich sanft in den Arm. „Sag doch so etwas nicht." Seine Fingerspitze streichelt meine Schulter entlang. Eine lange Zeit sitzen wir einfach nur so da. Arm in Arm. Irgendwann bringt mich Philip zu Bett und geht noch einmal mit Lucky raus. Er ist so ein lieber Kerl und hat eine so unnütze Frau an seiner Seite. Ich drücke mein Gesicht ins Kissen und weine. Es tut mir einfach so leid für ihn. Verständlich, dass er eigentlich nicht möchte, dass ich Shila behalte. Aber so ist nun einmal mein Leben. Ohne Pferde möchte ich es mir gar nicht vorstellen, auch wenn es ihm weh tut. Es fühlt sich wie ein Kampf in mir drinnen an. Sie gehören beide in mein Leben, Shila und Philip. Als Philip schließlich auch ins Bett kommt, bin ich tief in meine Gedanken versunken. Er legt einen Arm um mich und schläft ein. Ich grüble noch lange und schlafe schließlich total deprimiert ebenfalls ein.

Früh morgens wache ich genauso deprimiert wieder auf. Am liebsten würde ich mich den ganzen Tag im Bett verstecken. Aber Philip erklärt mir, dass er zur Arbeit geht und dass Rebekka später vorbeikommt. Ich verdrehe die Augen. Die Arme darf wieder ihre ganze Freizeit mit mir verschwenden, denke ich betrübt. Mit einem dicken Kloß im Hals verkrieche ich mich wieder unter meiner Bettdecke. Meine negativen Gedanken überschlagen sich fast in meinem Kopf, und ich weine bitterlich.

Rebekkas fröhliche Stimme lässt mich zusammenfahren. Ich muss wieder eingeschlafen sein. Mit fröhlichem Singsang kommt sie in mein Zimmer und bleibt wie angewurzelt stehen. „Was ist denn mit dir los?" Erschrocken sieht sie mich an. Ihrem Gesicht nach zu urteilen, sehe ich schrecklich aus. So fühle ich mich allerdings auch. Sie setzt sich zu mir aufs Bett und streicht mir über den Rücken. „Ich bringe dir jetzt erst einmal einen Kaffee", meint sie und ist auch schon wieder draußen. Nicht genug, dass sie ihre Zeit damit verschwenden muss, auf mich aufzupassen, sie muss mich auch noch bedienen. Mein Magen zieht sich krampfhaft zusammen. Die Last, die ich spüre, scheint mich schier zu erdrücken. Wie soll ich bloß damit umgehen, dass ich auf so viel Hilfe angewiesen bin? Das raubt mir den Atem. Mit zwei Tassen Kaffee in den Händen kommt Rebekka zurück ins Zimmer. Ihr zuliebe nehme ich den Kaffee dankend entgegen und trinke einige Schlucke. Er ist wirklich lecker und bessert meine Laune ein wenig. Danach hilft sie mir, mich anzuziehen. Wie demütigend. Wir gehen mit Lucky eine Runde spazieren. Natürlich nur eine ganz kleine Runde. Mehr schaffe ich ja nicht, denke ich verärgert. Ein dicker Kloß brennt in meinem Hals. Ich bin so wahnsinnig unzufrieden mit mir selbst und meiner Situation. Natürlich bemerkt das meine Freundin, und um mich aufzuheitern, fährt mich Rebekka zu Shila. Beim Pferdestall angekommen gehe ich, ohne mich umzusehen, gleich in Shilas Box. Ich kraule sie zwischen den Ohren und spüre ihren warmen Atem an meinem Hals. Diese Zweisamkeit genieße ich sehr, aber auch Shila kann mich heute nicht aus meinem Tief holen. Mit ihrem Latein am Ende bringt mich Rebekka schließlich zurück nach Hause. Dort fängt sie an, das Mittagessen vorzubereiten. Das schlechte Gewissen nagt wie immer an mir, und mein Bauch zieht sich zusammen. Was bin ich unbrauchbar! Als Philip nach Hause kommt, erzählt ihm Rebekka in kurzen Sätzen von unserem Vormittag. Die Stimmung am Esstisch ist extrem bedrückend, und ich hasse mich dafür, dass ich so schlechte Laune verbreite. Ohne mich wären sie doch alle besser dran. Kurze Zeit nach dem Essen verabschiedet sich Philip wieder, und Rebekka räumt die Küche auf. Ich setze mich mit Lucky in den Garten und versuche, irgendetwas Positives an meiner jetzigen Situation zu finden. Erfolglos. Einige Zeit später setzt sich Rebekka neben mich. Schweigend sitzen wir lange so da. „Wieso konnte es nicht einfach vorbei sein?", frage ich sie leise. Mit hochgezogenen Augenbrauen schaut sie mich entsetzt an. „Was meinst du damit?", fragt sie mich fassungslos. „Es wäre für alle viel einfacher, wenn ich nicht mehr da wäre", erkläre ich ihr meine Gedanken. Jetzt sieht sie richtig wütend aus. Sie sucht nach Worten und sagt dann einfach nichts. Wütend schaut sie stur geradeaus. Auf einmal steht sie auf und geht ins Haus. Wieder einmal fange ich an zu weinen. Nach einiger Zeit kommt sie zurück und greift von hinten fest meine Schultern. „So etwas möchte ich nie wieder von dir hören!", sagt sie streng. „Du weißt nicht, wie es war, als wir nicht wussten, ob du wieder aufwachst. Philip wäre daran zugrunde gegangen, wenn du nicht zurückgekommen wärst." „Aber das ist es ja. Ich bin nicht zurück. Nur ein schwacher Abklatsch meiner selbst. Ich bin so eine Last für euch. Ihr solltet nicht so viel Zeit und Energie für mich verschwenden. Alle machen sich immer nur Sorgen meinetwegen. Das ist grauenhaft." „Hör jetzt auf damit." Mit diesen Worten setzt sie sich wieder neben mich, und wir schweigen wieder. Irgendwann sieht sie auf die Uhr und erklärt mir, dass sie langsam losmuss. „Ich hoffe, ich kann dich allein lassen", meint sie mahnend und sieht mich dabei streng an. Seufzend nicke ich. Sie geht, und ich bin allein. Soll das nun mein ganzes Leben lang so weitergehen? Ich bin auf andere angewiesen und kann nichts selbst machen? In mir brodelt es, und ich schmiede einen Plan. So kann es einfach nicht weitergehen. Ich will mein Leben wieder selbst in die Hand nehmen können.

Ich gehe die gestrige Therapie in Gedanken noch einmal durch und versuche, mich daran zu erinnern, welche Hausaufgaben ich bekommen habe. Fast alles sind Aufgaben zur Entspannung. Augen entspannen, Muskeln entspannen, Zwerchfell entspannen. Zuerst versuche ich die Atemübung, die meine Stimmbänder lockern soll. Auch an das Training des Zwerchfells kann ich mich erinnern und mache es sofort. Wie total bekloppt summe und brumme ich vor mich hin. Zum Glück sieht und hört mich keiner. Danach stehe ich auf und versuche, mein Gleichgewicht zu verbessern. Diese Übungen geben mir einen rechten Dämpfer, denn sie müssten total einfach zu erledigen sein und doch stellen sie eine fast unlösbare Aufgabe für mich dar. Aber mein Tatendrang ist geweckt. Wie besessen trainiere ich weiter, bis ich schließlich vor lauter Müdigkeit fast zusammenbreche. Philip kommt nach Hause und sieht mich erschrocken an. „Was ist denn mit dir los?", fragt er, und seinem Blick nach zu urteilen, sehe ich grässlich aus. Ehrlich gesagt fühle ich mich auch so. „Na ja, ich habe mein Gleichgewicht trainiert. Ich will wieder gesund sein", erkläre ich mich. Fassungslos packt er mich am Handgelenk und sieht mir streng ins Gesicht. „Musst du immer alles übertreiben?", brüllt er mich an. Völlig perplex und gedemütigt fange ich zu weinen an. Das tue ich doch alles nur für ihn, damit er wieder eine brauchbare Frau hat. Kann er das denn nicht verstehen? Wütend nimmt er meine Tränen zur Kenntnis und lässt mich stehen. Ich hätte diesen Unfall wirklich nicht überleben sollen, denke ich stumm. Jetzt würde ich so gerne einfach mit Lucky eine Runde drehen und mit meinen Gedanken allein sein. Aber ich kann mir nicht vorstellen, dass er mich allein gehen lässt. Und seinen mitleidigen Blick während des ganzen Spaziergangs kann ich gerade nicht ertragen. So bleibe ich einfach im Garten sitzen und weine stumm vor mich hin. Im Haus höre ich Philip rumoren. Das macht er immer, wenn er wütend ist. Extra grob und mit viel Lärm Dinge erledigen, die ich nicht erledigen konnte. Das schmerzt. Nach einer gefühlten Ewigkeit kommt er zu mir in den Garten und ruft mich zum Essen. Mühsam setze ich mich an den Tisch und starre auf den Teller. Ich habe gar keinen Hunger, und mir ist überhaupt nicht nach Essen zumute. Philip sieht mich tadelnd an, und gezwungenermaßen nehme ich einige Bissen. Wir reden kein einziges Wort miteinander, und ich bin tief in meine düsteren Gedanken versunken. Es fühlt sich an, als trennen uns Welten. Eigentlich kann ich verstehen, wie ihm zumute ist, nachdem er meinetwegen so eine schlimme Zeit durchmachen musste. Doch auch für mich ist es nicht leicht, denn ich war immer ein sehr selbstständiger und selbstbestimmter Mensch. Jetzt soll ich auf einmal keine Entscheidung mehr selbst treffen können und mir alles vorschreiben lassen. Meine komplette Freiheit aufgeben.

So gut ich kann, helfe ich ihm beim Abräumen, um zu beweisen, dass ich doch noch zu etwas nütze bin. Nach einiger Zeit stummen Fernsehens wünsche ich ihm eine gute Nacht und gehe ins Bett. Mein Körper ist so schwach, es ist extrem anstrengend, und ich muss mich wahnsinnig konzentrieren. Endlich ausgezogen, lasse ich mich aufs Bett sinken und decke mich bis zur Nase zu. Ich höre, wie Philip noch mit Lucky hinausgeht und dann zu mir ins Bett kommt. „Geht es dir gut?", fragt er mich. Meine Antwort ist wohlüberlegt. „Nein." Ich mache eine Pause. „Ich werde morgen früh eine Runde mit Lucky drehen. Wie ich es früher immer getan habe", sage ich bestimmt. Dann drehe ich ihm den Rücken zu. Außer einem genervten Seufzen ernte ich keine Reaktion.

Meine Schritte für morgen früh plane ich ganz genau. Auf keinen Fall möchte ich Philip einen Anlass geben, meine Entscheidungen wieder infrage zu stellen. Ganz ruhig und überlegt ziehe ich mich an, nehme die Leine und gehe in den Garten. Lucky freut sich irrsinnig. Ich schnalle den Karabiner ans Halsband und mache mich auf den Weg. Nur eine kurze Runde nehme ich mir vor. Denn ich will wirklich sichergehen, dass alles glattläuft. Dank Lucky und einem übertriebenen Maß an Konzentration geht alles gut. Nach meinem schönen Spaziergang setze ich mich in den Garten an die Sonne und trinke einen Kaffee. Es war ziemlich schwierig für mich, diesen selbst zuzubereiten und hierherzubringen. Aber ich habe es geschafft. So mag ich das. Die Sonne im Gesicht, einen Kaffee in der Hand. Genüsslich nippe ich an meiner Tasse. Philip kommt zu mir in den Garten und verabschiedet sich rasch und ziemlich unfreundlich von mir. Es passt ihm wohl nicht, dass ich wieder selbstständig werden möchte, denke ich schnippisch und runzle verärgert die Stirn.

Auf dem Kiesplatz vor dem Haus höre ich ein Auto parken und Julias Stimme, als sie Lucky entdeckt hat. Er begrüßt sie freudig und wild, als sie in den Garten kommt. Sie setzt sich neben mich auf einen Gartenstuhl und blinzelt in die Sonne. „Du brauchst nicht herzukommen, um mich zu bewachen", sage ich etwas unfreundlicher als geplant. Verdutzt sieht sie mich an. „Was ist denn mit dir los?", fragt sie skeptisch. In kurzen Sätzen erkläre ich ihr, dass ich meine Selbstständigkeit zurück möchte und mich nicht mehr bevormunden lassen will. „Du brauchst also heute nicht zu kochen. Das schaffe ich schon selbst", erkläre ich ihr hochnäsig. „Oh, in die Therapie fährst du dann also auch allein?", fragt sie mich, mit vor Sarkasmus triefender Stimme. Oh Mann, das habe ich ja ganz vergessen. Am liebsten würde ich im Erdboden versinken. „Wir müssen um zehn in der Klinik sein", erklärt sie mir. Sie sieht mir an, dass mir das Ganze sehr unangenehm ist, und sagt nichts mehr dazu. Ich entschuldige mich, weil ich mich noch anders anziehen muss. Als ich damit fertig bin, steigen wir gemeinsam ins Auto und sie fährt los. Mein Bauch fühlt sich schwer an, und mir ist gar nicht wohl. Es ist mir so peinlich, dass ich sie so blöd angeblafft habe. Alle wollen mir doch nur helfen. Sie schweigt, was wirklich seltsam ist, denn sie redet sonst immer. Irgendwann fühle ich mich gezwungen, ihr zu erklären, was los ist. Sie hört mir aufmerksam zu und nickt verständnisvoll. Für den Rest der Fahrt bleibt es trotzdem still im Auto. „Ich gehe einen Kaffee trinken, bis du fertig bist. Warte auf mich, ja?", sagt sie zu mir, als wir aussteigen. Ihr ist immer noch nicht ganz wohl dabei, mich hier allein zu lassen. „Ja klar. Danke fürs Fahren." Mit einem kurzen „gern geschehen" verabschiedet sie sich vor der Tür der Klinik von mir. Froh darüber, dass sie mich selbst zur Anmeldung gehen lässt, lächle ich ihr hinterher. Sie ist so eine gute Freundin. Sie hat mich schon immer verstanden. Da ich ja meine Selbstständigkeit unter Beweis stellen möchte, versuche ich möglichst gerade und fließend zur Anmeldung zu treten. Außer einem Stolperer über die Türschwelle gelingt mir das auch ziemlich gut. Stolz melde ich mich an und setze mich ins Wartezimmer. Wenig später werde ich von meinem Physiotherapeuten abgeholt. Er fragt mich nach meinem Befinden, und ich erkläre ihm meine Probleme mit den Gleichgewichtsübungen. Er findet, ich mache das schon ganz passabel, aber ich bin überhaupt nicht zufrieden mit mir. Seiner Meinung nach sollte ich nicht so streng mit mir selbst sein. Aber ich glaube, dass einen nur Selbstdisziplin und Ausdauer weiterbringen. Stur halte ich an meiner Meinung fest. Als er mich zurück ins Wartezimmer begleitet, findet er noch einige tadelnde Worte für mich. Bei meiner nächsten Therapiesitzung geht es wieder um meine Fähigkeit, ein Auto zu lenken. Ein Computerspiel soll meine Reaktionsfähigkeit und Reflexe testen und verbessern. Ich gebe mir alle Mühe. Denn ich möchte ja in Zukunft wieder selbst bestimmen, wann und wie lange ich mein Pferd besuche. Wann ich wo hinfahre und weshalb. Leider scheitere ich wieder kläglich. Für zu Hause bekomme ich ein ähnliches Computerspiel, das mir helfen soll, mein Gehirn zu trainieren. Trotz dieser Niederlage bin ich ziemlich motiviert, daran zu arbeiten. Am

Ende setze ich mich wieder ins Wartezimmer und warte schön brav auf Julia. Sie holt mich ab, und gemeinsam verlassen wir die Klinik. Auf dem nach Hause Weg erklärt sie mir, dass zum Kochen die Zeit nicht mehr reicht und wir deshalb Pizzen holen werden. Endlich muss sie einmal nicht für uns kochen, denke ich. Ich erkläre mich einverstanden, und wir bestellen telefonisch. Tatsächlich hat mich die Therapie so angestrengt, dass ich während der Fahrt einschlafe und erst wieder aufwache, als Julia mit drei Pizzen auf dem Arm, wieder ins Auto steigt. Ein wenig beschämt entschuldige ich mich, doch Julia winkt ab. Fast gleichzeitig mit Philip fahren wir zu Hause auf den Parkplatz. Julia schafft es, die Stimmung etwas aufzuheitern, und wir sitzen gemütlich zusammen. Dann verabschiedet sich Philip und geht wieder zur Arbeit. Ich helfe beim Aufräumen und bin ziemlich stolz darauf. „Sollen wir Shila besuchen?", fragt mich Julia prompt. Trotz meiner feindseligen Art von heute Morgen möchte sie mir etwas Gutes tun. Obwohl ich noch total erledigt bin, stimme ich freudig zu. Eigentlich sollte ich mich jetzt erst etwas hinlegen, das spüre ich, doch die Chance, mein Pferd zu besuchen, ist einfach zu verlockend. Schwächen zuzugeben, war noch niemals meine Stärke.

Wir parken auf dem Hof, und ich habe schon ziemlich Mühe auszusteigen. Ich reiße mich extrem zusammen und versuche, mir nichts anmerken zu lassen. Weil Shila immer noch nicht rennen darf, gehen wir mit ihr am Halfter grasen. An ihrer Schulter kann ich mich super stützen, so merkt niemand, wie schwach ich mich fühle. Etwa eine halbe Stunde stehen wir mit Shila auf der Wiese, reden und genießen die Sonne. Beim Rückweg zum Stall stolpere ich über einen kleinen Grashügel und falle wie ein nasser Sack zu Boden. Shila erschrickt und springt zur Seite, weil sie nicht auf mich treten will. Meine Reflexe funktionieren gerade nicht richtig, und der Strick gleitet mir aus der Hand. Zum Glück ist Shila so verfressen und bleibt einige Meter weiter grasend stehen. Julia stürzt sich fast panisch zu mir hinunter und hilft mir auf. Ich kann kaum selbst stehen, und sie muss mich den ganzen Rückweg zum Stall stützen. Als wir Shila in ihre Box zurückgebracht haben, sieht mich Julia mit hochgezogenen Augenbrauen fragend an. Beschämt sehe ich zu Boden. Das Ganze ist mir unheimlich peinlich und unangenehm. Grübelnd versuche ich eine Ausrede zu finden, doch es gelingt mir nicht. Also sage ich ihr schließlich die Wahrheit. Wenn ich ehrlich zu mir selbst gewesen wäre, wäre das eben nicht passiert. Zu Hause wusste ich schon, dass ich zu müde bin, um herzukommen. Ich hätte mich zuerst eine Weile hinlegen sollen. Es ist unglaublich demütigend, das zuzugeben. Früher war ich immer die energiegeladene Frau, die einfach alles schafft. Man hat mich bewundert, zu was ich alles in der Lage war. Und jetzt das. Julias Mitgefühl ist überschattet von ihrer Wut. „Wie hätte ich Philip erklären sollen, wenn dir wieder etwas passiert wäre?", fragt sie mich aufgebracht. Wie so oft kullern mir die Tränen über die Wangen. Julia greift mir unter die Arme und schleppt mich zum Auto. Auf dem Nachhauseweg reden wir kein einziges Wort. Sie ist wirklich sauer. Zu Hause angekommen, hilft sie mir ins Bett und verlässt das Zimmer. Sofort schlafe ich ein. Als ich wieder aufwache, höre ich Philips und Julias Stimmen. Vorsichtig versuche ich aufzustehen, denn ich bin mir nicht sicher, wie wackelig ich noch auf den Beinen bin. Es scheint mir aber wieder ziemlich „gut" zu gehen. Mit gesenktem Blick gehe ich ins Wohnzimmer und spüre zwei strafende Blicke auf mir. Ich setze mich zu ihnen an den Tisch und hebe vorsichtig den Blick. Beide sehen nicht gerade wahnsinnig zufrieden aus. „Hast du Hunger?", fragt mich Philip kühl. Etwas überrascht, dass ich mir keine Standpauke anhören muss, nicke ich. Schnell verschwindet Philip in der Küche. Julia sieht mir tief in die Augen. „Tue mir so etwas nie wieder an!", meint sie tadelnd. „War nicht meine Absicht", sage ich leise. Flehend schaue ich sie an, und sie fängt zu grinsen an. Schon bald kommt Philip mit Aufschnitt, Käse und Brot zurück. Die Anspannung ist verflogen, und wir sitzen gemütlich zusammen und essen gemeinsam. Später verlässt uns Julia, und ich gehe mit Philip und Lucky noch eine kleine Runde spazieren. „Du hast es heute wohl etwas übertrieben, was?", fragt mich Philip dann ganz nebenbei. Total erstarrt, weiß ich nicht, was ich antworten soll. Still gehe ich einfach weiter. „Tut mir leid", sage ich irgendwann leise. Das Thema ist damit zu meiner Erleichterung gegessen. Am nächsten Morgen ziehe ich mich an und nehme Luckys Leine. Ich versuche, es ganz selbstverständlich aussehen zu lassen. Kurz gebe ich Philip einen Kuss und verschwinde dann mit Lucky aus dem Haus. Es reizt mich, meine Route zu verlängern, aber nach gestern denke ich, ich sollte das besser lassen. Nicht zu viel auf einmal, tadle ich mich selbst. Heute habe ich sogar daran gedacht, auf meinen Therapieplan zu schauen. Es hat sich gezeigt, ich habe frei! Cornelia kommt heute vorbei. Ich freue mich darauf, denn ich habe sie jetzt schon länger nicht gesehen. Es ist auch einmal schön, ohne die Männer miteinander zu quatschen. Wieder zu Hause angekommen, gebe ich Lucky sein Futter und setze mich mit meinem Frühstück in den Garten. Es ist schon richtig schön warm heute. Später hole ich mir einen Kaffee und setze mich damit an die Sonne. Geräusche von Autorädern auf dem Kiesplatz vor dem Haus bewegen mich dazu, aufzustehen. Winkend bedeute ich Cornelia, zu mir in den Garten zu kommen. Sie möchte auch einen Kaffee, und ich erkläre ihr, dass ich ihr einen holen werde. Etwas erstaunt sieht sie mich an, setzt sich aber brav hin. Erhobenen Hauptes gehe ich stolz in die Küche. Immer noch umständlich, aber doch schon etwas geübter, bekomme ich den Kaffee aus der Maschine und in den Garten. Das erfüllt mich mit Stolz. Gemütlich sitzen wir zusammen an der Sonne und reden über Gott und die Welt. Es ist schön, einmal über etwas anderes zu sprechen als über meinen Zustand. Dauernd von jedermann gefragt zu werden, wie das Befinden ist, ist wirklich anstrengend. Ich genieße es wirklich sehr, mit ihr hier zu sitzen. Nach einiger Zeit steht Cornelia auf, um das Mittagessen zuzubereiten. Auch ich erhebe mich und versuche, sie vehement davon abzuhalten. Total entgeistert sieht sie mich an. In kurzen Sätzen erkläre ich ihr, weshalb ich das selbst machen möchte. Sie sagt zwar, sie versteht mich, aber ihr Gesicht spricht eine ganz andere Sprache. Ich fühle mich total undankbar und deshalb bitte ich sie um Hilfe. Wir können das ja gemeinsam machen, schlage ich vor. In der Küche erklärt sie mir, welches Gericht sie zubereiten wollte. Sie gibt mir den Salat zum Anrichten und ermahnt mich, vorsichtig mit dem Messer zu sein. Ein wenig geknickt, aber hoch konzentriert mache ich mich an die Arbeit. Natürlich verstehe ich sie. Keiner möchte schuld sein, wenn mir noch einmal etwas passiert. Philip würde ausrasten. Und doch ist es demütigend, wie ein Kind behandelt zu werden. Mit aller Vorsicht richte ich den Salat an. In der Zwischenzeit bereitet Cornelia die Hauptspeise zu. Am Mittag setzen wir uns gemeinsam mit Philip an den Tisch und essen genüsslich. Stolz erzähle ich ihm, dass ich den Salat gemacht habe. Er grinst, und ich bin etwas beschämt, dass ich auf so etwas auch noch stolz bin. Früher habe ich täglich das Mittagessen zubereitet und war niemals stolz darauf gewesen. Es war einfach normaler Alltag. Was so ein Unfall alles verändern kann, denke ich still bei mir. Kurz nach dem Essen steht Philip schon wieder auf und geht zur Arbeit. Eigentlich arbeitet er viel zu viel. Doch während meiner Zeit in der Rehaklinik war er die ganze Zeit bei mir. Er hat meinetwegen so viel Arbeit liegengelassen, und das büßt er jetzt. Er meint zwar, dass ihm das egal sei, aber ich habe trotzdem ein schlechtes Gewissen.

Nachdem wir fertig aufgeräumt haben, setzen Cornelia und ich uns wieder mit einem Kaffee an die Sonne. Solche Dinge tun mir echt gut. Routine. „Können wir nachher zu Shila fahren?", frage ich sie freundlich. Sie lächelt und nickt. Auf Cornelia war die ganze Zeit Verlass, als ich nicht da war. Sie hat sich toll um Shila gekümmert. Sie und Julia haben immer nach ihr geschaut. „Morgen kommt noch einmal der Tierarzt, um sich ihr Bein anzusehen", erklärt sie mir. „Oh, davon wusste ich ja gar nichts. Ich glaube, ich habe morgen früh Therapie", entgegne ich entsetzt. „Gar kein Problem. Den Termin habe ja ich ausgemacht. Wenn alles gut ist, darf sie dann endlich wieder auf die Wiese", erklärt mir Cornelia. Erleichtert nicke ich. Das würde mich echt freuen. Wir versorgen die Kaffeetassen und steigen ins Auto. Dabei merke ich, dass es mir körperlich wieder deutlich besser geht als gestern. Ich sollte wohl endlich anfangen, auf meinen Körper zu hören, tadele ich mich selbst. Aber meine Sturheit war schon immer mein größtes Problem. Zuerst putzen wir Shila gründlich, was sie wirklich sehr gerne mag. Dann gehen wir wieder mit ihr am Strick auf die Wiese, damit sie etwas Gras fressen kann. Ein Pferdemagen sollte gut an Gras gewöhnt sein, bevor sie wieder frei auf die Wiese gelassen wird. Sonst könnte sie eine Kolik bekommen. Über ihre Gesundheit musste ich mir bei Shila noch nie wirklich Sorgen machen, zum Glück. Sie ist ein robustes Pferd. Langsam wird es etwas frischer, Wolken sind aufgezogen. Es fröstelt mich, und mit einem Mal merke ich, dass sich mein rechtes Bein ganz steif anfühlt. Seltsam. Auch mein rechter Arm bewegt sich viel harziger als sonst. Das macht mir ein bisschen Angst, aber ich lasse mir nichts anmerken. Es soll sich ja niemand Sorgen um mich machen. Total staksig führe ich Shila wieder in den Stall. Zum Glück kann ich mich an ihrem Hals stützen. Zumindest habe ich das Gefühl, dass niemand etwas bemerkt. Wir versorgen Shila in ihrer Box, und ich gebe ihr zum Abschied einen Kuss auf die Nüstern. Cornelia fährt mich wieder nach Hause und begleitet mich noch hinein. Später hat sie noch einen Termin, deshalb muss sie jetzt auch los.

Nun bin ich allein und hänge meinen Gedanken nach. So viele Fragen. Etwas irritiert suche ich im Internet nach einer Antwort. Wieso war meine rechte Seite auf einmal wieder so viel schwächer? Jetzt habe ich doch so trainiert. Mir ist nach Heulen zumute. War das alles umsonst? Habe ich einen Rückfall? Nach kurzer Zeit werde ich auch schon fündig. Die Kälte hat einen großen Einfluss auf die Nervenleitung. Wenn die Körpertemperatur sinkt, wird auch die Leitung langsamer. Also werden bereits langsame Leitungen noch etwas langsamer. Was mir jetzt auch total einleuchtet. Das bedeutet, wenn ich friere, sind die Symptome verstärkt. So ein Mist, denke ich. Mittlerweile regnet es draußen, und deshalb setze ich mich drinnen aufs Sofa. Nach einiger Zeit wird mir langweilig, und ich erinnere mich an meine Hausaufgaben. Ich versuche, mich zu entspannen und mich auf meine Atemübungen zu konzentrieren. Hoffentlich übertreibe ich es nicht wieder.

Ich wache auf. Draußen höre ich Philip mit Lucky sprechen. Er kommt ins Wohnzimmer. Habe ich geschlafen? Etwas schwummrig richte ich mich auf, und Philip kommt zu mir herüber. „Geht es dir gut?", fragt er mich etwas erstaunt. Er ist es nicht gewohnt, dass ich tagsüber einfach nichts tue und auf dem Sofa herumliege. Meine Antwort überlege ich mir ganz genau. Ich möchte ihm ja nicht wieder Grund zur Sorge geben. „Ich habe meine Übungen absolviert und hab dann Pause gemacht. Ich muss wohl eingeschlafen sein", sage ich. Zufrieden streicht er mir über die Wange „Braves Mädchen", meint er und küsst mich. Gemeinsam essen wir zu Abend. „Möchtest du noch eine Runde mit Lucky drehen?", fragt mich Philip. Draußen ist es immer noch eisig und es regnet. „Nein, nein, lieber nicht. Ich bin schon ziemlich k. o. von heute", erwidere ich schnell und bin damit ja beinahe aufrichtig. Ich möchte nicht, dass er auch noch mitbekommt, was die Kälte mit mir anstellt. „Oh, so verantwortungsvoll kenne ich dich ja gar nicht." Bewundert er meine Aussage, und ich fühle mich etwas schuldig. Er hat es gefressen, denke ich trotzdem zufrieden. Wir lümmeln uns zusammen aufs Sofa, und ich kuschle mich an seine breite Schulter. Kaum, dass der Film anfangen hat, schlafe ich auch schon wieder ein. Philip bekommt mich nur schwer ins Bett, bemerke ich am Rande. Ich mag gar nicht mehr aufstehen, also trägt er mich. Ein Kuss auf die Stirn, und ich bin auch schon wieder eingeschlafen.

Am nächsten Morgen ziehe ich mich warm an, schnappe mir Luckys Leine und mach mich auf den Weg. Ich vergrößere meine Runde ein ganz klein wenig. Es kostet mich einiges an Konzentration, gerade zu gehen und nicht in Schlangenlinien wie eine Betrunkene. Tatsächlich macht sich die Kälte schon wieder in meinem Bein bemerkbar. Jeder Schritt muss total kontrolliert sein. Jede Bewegung geplant. Hoffentlich schwanke ich nicht so, dass man es sehen kann, denke ich. Ohne größere Probleme schaffe ich es nach Hause und klopfe mir gedanklich auf die Schultern. Trotz des Wetters trinke ich meinen Kaffee genüsslich im Garten. Lucky stört es überhaupt nicht, wenn es regnet. Er spielt und schnüffelt vergnügt. Ich glaube, er hat unsere Ausflüge genauso vermisst wie ich. Grübelnd sitze ich total in Gedanken versunken da. Es ist ärgerlich, dass Bewegungen, die bereits wieder rundliefen, jetzt wieder so anstrengend sind. Mein Magen zieht sich schmerzhaft zusammen. Ich merke richtig, wie sich meine rechte Seite weigert, das zu machen, was ich möchte. Meine Hand bewegt sich richtig krampfig. Als ich meinen Kaffee leer getrunken habe, versuche ich, Lucky trocken zu rubbeln. Leider gestaltet sich das schwieriger, als man glauben mag. Er mag es gar nicht, wenn ich seine Füße berühre. Total wackelig auf meinen Beinen, mit eingeschränkter Bewegung im Arm und einem zappelnden Fellknäuel ist das schon eine ziemliche Herausforderung. Da ich ja keine Eile habe, schaffe ich es nach einiger Zeit trotzdem. Wieder drinnen in der Wärme geht es mir gleich wieder besser.

Einige Zeit später kommt Olaf rein. Er hat für heute den Job gefasst, mich zur Therapie zu bringen. Auf dem Weg dorthin unterhält er mich wie gewohnt mit seinem Witz. Nach kurzer Zeit parkt er vor der Klinik. „Du brauchst nicht mit hinein zu kommen. Ich schaffe das mittlerweile selbst", erkläre ich ihm. „Wenn du meinst", witzelt er. Aber ich merke, dass es nur halb als Scherz gemeint ist. Da ich heute nur Physiotherapie habe, braucht er nicht so viel Zeit totzuschlagen. „Brauchst du noch etwas? Ich gehe kurz einkaufen", fragt er mich. Lächelnd winke ich ab und bedanke mich noch einmal fürs Fahren. An der Rezeption melde ich mich an und setze mich dann ins Wartezimmer. Das geht nun schon ziemlich routiniert. Da ich allein bin, hänge ich gelangweilt meinen Gedanken nach. Irgendetwas war doch heute noch? Ich komme nicht darauf. Nach einiger Zeit kommt mein Physiotherapeut und holt mich ab. Er fragt nach meinem Befinden, und ich erkläre ihm mein Problem mit der Kälte. „Das deprimiert mich extrem", sage ich ihm. Mit großen Augen sieht er mich erstaunt an. „Ist Ihnen bewusst, dass selten ein Patient mit ihrer Geschichte sich so gut und schnell erholt?", fragt er mich skeptisch. Etwas perplex schaue ich ihn an. „Ich

hatte selten Patienten mit einem so guten Krankheitsverlauf",
erklärt er mir. Das muss ich erst einmal sacken lassen. Keine
Ahnung, was ich darauf antworten soll. Er erzählt mir, dass sich
die wenigsten Leute so gut erholen würden wie ich. Denn ich
war doch lange genug im Koma, um extreme Schäden davon zu
tragen. Ich wusste ja, dass sich die Ärzte nicht sicher waren, ob
ich wieder aufwachen würde. Und wenn, dann mit welchen Behinderungen. Doch mir kann es mit der Genesung nicht schnell
genug gehen. Ich will wieder zu meinem alten Ich zurück. Anscheinend muss ich ja froh sein, dass es mir überhaupt wieder
so gut geht. Das war mir nicht wirklich bewusst. Das macht mir
ziemlich Angst, denn so wie jetzt möchte ich auf gar keinen Fall
weiterleben. Der Therapeut hat noch einige neue Übungen für
mich vorbereitet. Nach getaner Arbeit verabschiedet er sich mit
einem Schmunzeln von mir. Grübelnd sitze ich im Wartezimmer, bis Olaf mich abholt. Im Auto fragt er mich: „War es nicht
gut?" Er muss mir ansehen, wie verwirrt ich mich fühle. Kurz
erkläre ich ihm, was mein Therapeut mir gesagt hat. Wissend
nickt er. Als wäre das sonnenklar. Das wurmt mich. Es geht mir
besser, als es sollte? So fühle ich mich gar nicht. Um so zu sein
wie damals, sind es noch Meilen. Eigentlich will ich ja nicht undankbar erscheinen, aber etwas Motivation zur Verbesserung
fände ich schon okay. Ich will mich nicht einfach mit meinen
Behinderungen abfinden.

Zu Hause angekommen hilft mir Olaf, das Mittagessen vorzubereiten. Plötzlich klingelt mein Telefon. Cornelia ruft mich
an. Beim Anblick ihres Namens auf dem Display fällt es mir
wieder ein. Wie ein Peitschenhieb trifft es mich. Wie konnte
ich das nur vergessen? Shila wurde doch heute noch einmal vom
Tierarzt untersucht. Ich ärgere mich extrem über mich selbst
und bekomme einen Knoten im Bauch. Aufgeregt gehe ich ran.
Cornelia erklärt mir rasch, was der Tierarzt gemeint hat. Meine geliebte Shila darf endlich wieder auf die Weide. Ihr Bein ist
komplett ausgeheilt. Der Knoten in meinem Magen löst sich sofort, und ich bin so dankbar. Vor lauter Freude kommen mir die
Tränen. Diese blöden Tränendrüsen. Unkontrolliert schluchze

ich und sehe in Olafs fassungsloses Gesicht. Leider schaffe ich es nicht, den armen Mann von seiner Spannung zu erlösen, und drücke ihm mein Handy in die Hand. Er redet mit Cornelia, und seine Miene erhellt sich. Fast etwas zu witzig findet er es meiner Meinung nach, und ich schaue beleidigt zu Boden. Jetzt fängt er an zu kichern und erklärt seiner Frau, dass er eine Entschuldigung abzugeben hat, und legt auf. Wie einem kleinen Mädchen verwuschelt er mir die Haare und lacht. Das finde ich gar nicht witzig und schaue ihn böse an. Er muss noch mehr lachen. Wütend stampfe ich davon. Ich setze mich auf das Sofa im Wohnzimmer und verschränke beleidigt die Arme. Leider merke ich selbst, wie kindisch ich mich benehme. Aus der Küche höre ich Laute und weiß, dass Olaf friedlich weiterkocht. Wie kann er mich nur ignorieren? Total übertrieben laut stampfe ich wieder an ihm vorbei und öffne die Sitzplatztüre. Ein knappes „ich gehe mit Lucky raus" verlässt grollend meine Kehle. Lucky folgt mir in den Garten. Dort setze ich mich an meinen Sonnenplatz, und mir kommen schon wieder die Tränen. Dieses Mal keine Freudentränen. Es sind missverstandene Tränen. Natürlich weiß ich, dass ich mich hier total zum Affen mache, aber meine Gefühlswelt steht einfach Kopf, und ich kann es nicht kontrollieren.

Ich höre ein Auto auf den Kiesplatz fahren und Philip, der Olaf begrüßt. Irgendetwas brummeln sie, und Philip kommt zu mir in den Garten. Auf meiner Schulter spüre ich seine Hand. „Alles wieder gut?", fragt er unvermittelt. Da ich keine Ahnung habe, was ich antworten soll, sage ich einfach nichts. Er geht vor mir in die Knie und sieht mir in die Augen. „Du weißt, dass er es nicht böse gemeint hat, oder?", fragt er mich mit hochgezogenen Augenbrauen. Wenn ich ihm antworten würde, kämen mir gleich wieder die Tränen, also nicke ich nur stumm. „Können wir hineingehen?", fragt er mich und steht auf. Wieder nicke ich, und er nimmt sanft, aber bestimmt meine Hand und führt mich ins Haus. Lucky folgt uns sofort. Wir setzen uns gemeinsam an den Esstisch, und ich vermeide tunlichst Olafs Blick. Irgendwann streckt er die Hand nach meinem Arm aus und sagt: „Es tut mir leid, kleine Schwägerin." Nickend schaue ich ihn an. Das Thema ist damit gegessen. Nach dem Mittagessen kommt Cornelia noch vorbei, und wir fahren zu dritt in den Pferdestall. Meine Freude ist riesig. Endlich darf Shila wieder frei auf die Wiese. Vom Stall aus beobachten wir die Pferde auf der Weide. Es ist wunderschön, ihnen zuzusehen. Total begeistert von meinem Hochgefühl, habe ich eine tolle Idee. „Ich will endlich wieder reiten!", sage ich heiter. Erfreut über meine heitere Reaktion, sieht mich Cornelia an. Olaf sieht alles andere als begeistert aus. Er macht ein grimmiges Gesicht, und als er Cornelias Freude erkennt, schaut er sie finster an. „Das kannst du uns nicht antun!", schnaubt er und geht zu seinem Auto. Mürrisch setzt er sich hinters Steuer. Etwas verwundert schaue ich Cornelia an. Sie erwidert meinen Gesichtsausdruck. „Keine Sorge, das bekommen wir schon hin", versucht sie mich aufzuheitern. Doch ich sehe ihr die Unsicherheit an. Beklommen machen wir uns auch auf dem Weg zum Auto und steigen schweigend ein. Ich denke über die Situation nach und merke, wie unsensibel mein freudiger Ausbruch war. So viel Mitleid ich mit meiner Familie auch habe, so sehr freue ich mich auch auf meinen ersten Ausritt. Das muss doch jedem klar sein, der mich kennt. Cornelia hat mich sichtlich auch verstanden. „Philip flippt aus", erklärt Olaf tonlos. Er sieht richtig geschockt aus. Wieder dieses über mich bestimmen. Wieder meine Unselbständigkeit irgendetwas zu entscheiden. Mein Kopf raucht, und ich ignoriere ihn. „Du nimmst mich doch morgen wieder mit in den Stall, oder?", frage ich Cornelia. Sie nickt und erntet dafür einen strafenden Blick von Olaf. Den geschwisterlichen Zusammenhalt der Brüder habe ich schon immer bewundert. Aber jetzt gerade bin ich ziemlich genervt davon. Schlimm genug, dass ich einem Kerl die Stirn bieten muss, aber zwei sind echt zu viel. Bei diesem Gedanken werde ich schon wieder total weinerlich und nerve mich über meine Tränendrüsen. Diese dämlichen Dinger. Als Olaf meine Tränen bemerkt, wird sein Blick weicher. Trotzdem sieht er stur geradeaus auf die Straße. Bei mir zu Hause angekommen, verabschieden sich die beiden von mir. Ich soll mich hinlegen, befiehlt Olaf. Die Augen verdrehend gehe ich ins Haus. Schön artig lege ich mich mit Lucky aufs Sofa und hänge meinen Gedanken nach. Wie soll ich Philip verklickern, dass ich wieder reiten werde? Total in Gedanken versunken muss ich eingeschlafen sein. Ich werde von einem wedelnden Hundeschwanz geweckt, der mein Gesicht kitzelt. Lucky freut sich total, dass Philip wieder da ist. Bei mir sieht das etwas anders aus. Es gelingt mir kaum, ihn anzusehen. „Was ist los?", fragt er besorgt. „Ich muss mit dir etwas besprechen", sage ich leise. „Können wir das bei einem Spaziergang machen?", fragt er mich mit müdem Blick. Es war wohl heute viel los bei der Arbeit. Überrascht stimme ich zu. Normalerweise bin ich die treibende Kraft beim Thema „Hundespaziergang". Ich schlage vor, den Spaziergang etwas zu erweitern, und stoße tatsächlich auf Zustimmung. Jetzt finde ich es fast schon skrupellos, mit dem Thema „Reiten" anzufangen. Aber irgendwann muss ich da durch. Wir schlendern gemütlich dem Bach entlang, der in der Nähe unseres Hauses verläuft. Es ist ein lauer Sommerabend, und es weht ein angenehm warmes Lüftchen. Mühsam versuche ich, die richtigen Worte zu finden, doch es klappt nicht. Irgendwann entschließe ich mich für die Pflaster-Abriss-Variante. Einfach mit einem Ruck abziehen. „Ich fange wieder mit dem Reiten an", stammle ich etwas zurückhaltender als eigentlich geplant. Ich wollte bestimmt und entschlossen wirken, doch das ist mir nicht gelungen. Das ärgert mich. Keine Reaktion. Eisige stille. Nach einigen Metern bleibe ich stehen. Keine Reaktion. Gar nichts. Kein Bevormunden, kein Besserwissen, keine Befehle. Einfach nichts. Ich gehe ihm nach und sehe die Tränen in seinem Gesicht. Du meine Güte, damit habe ich überhaupt nicht gerechnet. Alles habe ich erwartet, einen Wutausbruch, eine Predigt, aber keine Tränen. Das haut mich um, und ich weiß nicht, was ich sagen soll. Auch mir schießen die Tränen in die Augen, und mein Bauch zieht sich krampfhaft zusammen. Stumm gehen wir nebeneinander her. Die ganze Situation ist so wahnsinnig traurig. Bis wir zu Hause sind, reden wir kein einziges Wort miteinander. Er verzieht sich in die Küche und bereitet das Abendessen zu. Ohne jeden Kommentar. Das ist so unangenehm, dass ich mich kaum traue, mich zu bewegen. Wie selbstsüchtig von mir. Er hat solche Ängste ausgestanden, und ich bin die unsensibelste Person überhaupt. Wir setzen uns an den Tisch, und ich versuche einen neuen Anfang. „Tut mir leid. Das war etwas unüberlegt von mir. Aber es muss dir doch klar sein, dass ich wieder reiten werde", sage ich etwas vorsichtiger. „Ich hätte Shila zum Schlachter bringen sollen, wie es deine Eltern wollten", sagt er mit einer solchen Kälte in der Stimme, dass ich erschaudere. Gerade noch hatte ich Mitleid und wollte Rücksicht nehmen, aber jetzt platzt mir fast der Kragen. Schreiend beschimpfe ich ihn, der schlechteste Ehemann überhaupt zu sein und ein eiskalter Killer. Wie man nur so egoistisch sein und so wenig Empathie empfinden kann, frage ich ihn schrill. Vor lauter Wut kommen mir wie immer die Tränen, und ich werde noch einen Tick wütender. Am liebsten würde ich irgendetwas kurz und klein schlagen. Ich war schon immer sehr aufbrausend, doch seit dem Unfall habe ich meine Gefühle überhaupt nicht mehr im Griff, und ich raste schier aus. Philip brüllt wütend zurück, dass ich nur seinetwegen noch auf dieser Erde wandeln würde und er alles für mich und Shila getan hat. Er kann nicht verstehen, wie ich so leichtsinnig sein kann, wieder aufs Pferd zu steigen. „Hast du mir nicht schon genug Sorgen bereitet? Ich wusste nicht, ob du je wieder aufwachst! Ob ich je wieder ein Gespräch mit dir führen würde, ob wir uns je wieder küssen würden. Und jetzt das? Du machst mich fertig." Mit diesen Worten verlässt er schnaubend das Zimmer. Sprachlos starre ich ihm nach. Er hat recht. Aber mit dem Schlachter sollte er mir trotzdem nicht drohen. Den Eifer des Gefechts lasse ich gerade nicht gelten. So wütend war ich schon ewig nicht mehr. Einfach unglaublich, was sich dieser Kerl erlaubt. Ich kann mich fast nicht beruhigen und beschließe, dass ich das Haus verlassen muss. Schnell schnappe ich mir Luckys Leine und verlasse dicht gefolgt von meinem vierbeinigen Kumpel das Haus. Da ich für meine aktuellen Verhältnisse heute schon zu viel auf den Beinen war, merke ich, dass es nicht mehr ganz so rund läuft. Sogar mein Gemütszustand macht sich in meinem Körper bemerkbar. Das nervt noch zusätzlich. Körperliche Anstrengung, Temperatur und sogar die seelische Verfassung können mich am Laufen hindern. Mein Magen rebelliert. Ich merke richtig, wie ich ganz bewusst meine Füße bewegen muss. Deshalb lasse ich mich auf der nächsten Bank am Bach nieder. Lucky legt seinen wuscheligen Kopf beschwichtigend auf meinen Oberschenkel, und ich kraule ihn hinter den Ohren. Er genießt es, und beim Blick in sein süßes Gesicht wird mir warm ums Herz, und ich beruhige mich. Muss ich mir nun Sorgen um Shilas Sicherheit machen? Ein kalter Schauer läuft mir über den Rücken. Mein Telefon klingelt, und als ich rangehe, höre ich Philips verzweifelte Stimme. „Wo bist du?", fragt er mich ehrlich besorgt. „Ich sitze mit Lucky auf der kleinen Bank am Bach", erkläre ich leise. Philip legt auf und einige Momente später höre ich seine Schritte auf dem Kiesweg. Stumm setzt er sich neben mich. Auch ich sage kein einziges Wort. Zum Streiten bin ich einfach zu müde. Irgendwann legt er seine Hand behutsam auf mein Knie. Nach einer schieren Ewigkeit sage ich, dass ich nach Hause möchte, und wir gehen Hand in Hand zurück. Natürlich ist das Thema nicht vom Tisch, aber im Moment lasse ich es gut sein. Genug gestritten für heute.

Mittlerweile ist es fast schon wieder ganz alltäglich geworden, dass ich morgens meine Runde mit Lucky drehe. Ich werde auch nicht mehr von einem sorgenvollen Blick verfolgt, wenn ich das Haus verlasse. Natürlich ist es immer noch viel anstrengender als früher, und meine Runde ist viel kleiner, aber das macht mir fast nichts mehr aus. Langsam habe ich gelernt, mit meinen Einschränkungen umzugehen. Trotzdem will ich auf jeden Fall wieder meinen früheren körperlichen Zustand zurück. Ich war immer ziemlich stolz darauf, was mein Körper alles leisten kann, und es ist schwer für mich, eine Schwäche zuzugeben. Tief in Gedanken versunken stehe ich auf einmal wieder vor unserem Haus. Wow, so wenig Konzentration für einen Spaziergang habe ich lange nicht mehr gebraucht. Strahlend vor Stolz betrete ich das Haus. Philip sieht mich verblüfft an, als er in die Küche kommt. „Was ist denn mit dir passiert?", fragt er mich erstaunt mit Blick in meine glühenden Augen. Aufgedreht erzähle ich ihm von meinem Mini-Erfolg. Bei der Erwähnung, morgen eine größere Runde zu probieren, entgleiten ihm kurz die Gesichtszüge, aber er hat sich schnell wieder im Griff. „Schön zu hören", sagt er leise, als er sich wieder gefasst hat, und küsst mich aufs Ohr. Total zufrieden nehme ich meinen Kaffee und gehe in den Garten. Philip begleitet mich. Er setzt sich neben mich und erzählt mir kurz, was heute ansteht, bevor er zur Arbeit geht. Julia hat wohl heute wieder einmal das Glück, mich herumfahren zu dürfen, denke ich ironisch. Allen so zur Last zu fallen, ist echt mühsam. Meine überdrehte Stimmung macht wie so oft der Verzweiflung Platz. Wann kann ich wohl selbst wieder Auto fahren? Heute in der Neuropsychologie werde ich mich besonders anstrengen. Da fällt mir ein, dass ich dieses Computerprogramm für zu Hause ganz vergessen habe. Wenn man es nicht benutzt und damit trainiert, nützt es natürlich gar nichts. Ich ärgere mich über mich selbst. Ab sofort werde ich das in meine tägliche Routine einbauen. Mein Handy klingelt, und meine Mutter ist in der Leitung. „Morgen", begrüße ich sie, erfreut über ihren Anruf. Sie klingt alles andere als erfreut. „Philip hat mir erzählt, du willst dich wieder aufs Pferd setzen", meint sie fast stotternd. „Äh ja, klar. Das war schon immer meine Leidenschaft und wird es immer sein", sage ich kleinlaut. Eine lange Pause entsteht. Wieso hat er sie deshalb angerufen? „Mutter? Bist du noch da?", frage ich. Sie erwidert immer noch nichts. Auf einmal höre ich einen tiefen Seufzer. „Weißt du, was du uns damit antust? Was glaubst du, welche Ängste wir ausgestanden haben?", fragt sie mich weinerlich. Ich höre sie schluchzen und schon habe ich einen dicken Kloß im Hals. Meine Augen füllen sich mit Tränen, und ich muss mich extrem beherrschen, bevor ich weiterreden kann. „Das tut mir leid. Aber es war ein Unfall, das hätte mir überall passieren können", erkläre ich mit gespielter Fassung. „Aber es ist beim Reiten passiert. Was, wenn das wieder passiert?", fragt sie mich nun strenger. „Das wird es schon nicht", sage ich leise. Sie lässt nicht locker: „Versprich mir, dass du nicht aufs Pferd steigst." Empört schnaube ich. „Das werde ich dir ganz sicher nicht versprechen", sage ich unsicherer als geplant. In mir kocht es. Die haben doch tatsächlich hinter meinem Rücken über mich geredet. Die Wut von gestern Abend steigt wieder in mir hoch. „Und übrigens, wenn ihr Shila schlachten wollt, dann könnt ihr mich auch gleich mit schlachten!", brülle ich in den Hörer. Lange bleibt es wieder still auf der anderen Seite. „Du warst fast tot", höre ich auf einmal. Mein Kinn fängt an zu zittern, bei dem Schmerz, den ich in der Stimme meiner Mutter höre. Darauf kann ich nichts erwidern. Es muss schrecklich gewesen sein, seine Tochter da liegen zu sehen und so hilflos zu sein. Den Schmerz kann ich ja wirklich verstehen, aber Shila trägt doch keine Schuld. Verzweiflung macht sich in mir breit. „Kannst du wenigstens noch eine Weile damit warten, bis es dir wieder etwas besser geht?", fleht sie mich an. „Ja, das kann ich versuchen", gebe ich vorsichtig zurück. Es geht mir ja besser, denke ich insgeheim. Aber ich möchte sie ja beruhigen und gehe nicht näher darauf ein. Wir reden noch eine Weile über dies und das und verabschieden uns dann. Beklommen sitze ich da, bis ich Julias Auto höre. Erfreut gehe ich zur Gartentür. Sie nimmt mich zur Begrüßung in die Arme und knuddelt dann ausgiebig Lucky. Der freut sich wie verrückt und hüpft um sie herum. Schön, das mitanzusehen. „Sollen wir gleich zu Shila?", fragt sie mich dann. Therapie habe ich erst am Nachmittag, also bin ich voll dabei. Vergnügt quasselnd steigen wir in ihr Auto. Sie lenkt mich super von meinen Sorgen ab. Wir beschließen Shila zu longieren, da sie ja jetzt wieder galoppieren darf und schon einige Zeit viel zu wenig Bewegung hatte. Auf dem Reitplatz fällt es mir sehr schwer zu gehen. Der Sand, der unter meinen Füßen nachgibt, ist eine große Herausforderung für mich. Trotz meiner Mühe, das Gleichgewicht zu halten, lässt mich Julia einfach machen, und dafür bin ich ihr extrem dankbar. Das Pferd, das im Kreis um mich herumrennt, bringt mich noch mehr aus dem Gleichgewicht, und ich brauche wahnsinnig viel Kraft und Konzentration, um nicht hinzufallen. Nach einiger Zeit löst mich Julia kommentarlos ab, und ich setze mich auf eine Holzkiste am Rand des Platzes. Es ist herrlich, den beiden zuzusehen. Shila genießt es wahnsinnig. So lange durfte sie nur auf der Ersatzbank sitzen und musste im Stall stehen. Dazu kam noch, dass ich nicht da war und sie praktisch keine Beschäftigung hatte. Natürlich haben meine Freundinnen sich um sie gekümmert, aber sie hatten ja auch mit mir viel zu tun. Wie so oft plagt mich das schlechte Gewissen wieder. Shila tut mir wirklich leid. Deshalb genieße ich es doppelt, ihr beim fröhlichen Herumgaloppieren zuzuschauen. Da sie keine Kondition mehr hat, bewegen wir sie nicht allzu lange. Julia kühlt ihre Beine mit dem Wasserschlauch ab, und dann darf sie auch schon wieder auf die Weide. Mir ist total flau im Magen und mein Kopf brummt. Das war sehr anstrengend, und ich ärgere mich über meinen Körper. Julia sieht mir an, dass mich etwas beschäftigt, und fragt danach. Kleinlaut erkläre ich ihr mein Problem, und sie verdreht nur die Augen. Ohne auch nur das Geringste zu antworten, steigt sie ins Auto und winkt mich hinein. Wortlos fahren wir wieder zurück nach Hause. Wieso versteht keiner, wie schwer es für mich ist, so unnütz zu sein? Wie wertlos ich mich fühle? Immer auf die Hilfe von anderen angewiesen zu sein. Mein Kinn beginnt zu zittern und heiße Tränen kullern mir übers Gesicht. Julia sieht mich aus dem Augenwinkel genervt an. „Dein Ernst jetzt?", fragt sie spöttisch, und ich fange bitter zu weinen an. Wieso ist sie so gemein zu mir? Ich verstehe das nicht. „Kannst du nicht einfach einmal dankbar sein, anstatt unzufrieden? Du hast heute das erste Mal seit Langem dein Pferd selbst bewegt und das sind keine Freudentränen? Ich verstehe dich ehrlich nicht", erklärt sie in einem bitteren Tonfall. Ihre Worte geben mir einen Stich ins Herz, und ich schäme mich für mein Benehmen. Natürlich freue ich mich ungemein über die Zeit, die ich mit Shila verbringen durfte, und bin ihr sehr dankbar, dass sie mir geholfen hat. Aber ich will so etwas allein schaffen. Vor dem Unfall wäre das für mich ein Klacks gewesen. Niemals habe ich auch nur einen Gedanken daran verschwendet, dass das anstrengend sein könnte, und ich wurde auch nicht müde davon. Jetzt ermüdet mich einfach jede Kleinigkeit, und alles ist so anstrengend. Das nervt mich so, und ich bin total demotiviert deswegen. Ich hasse mich dafür. Kein Wort davon verlässt meinen Mund. Ich kann meine Gefühle einfach nicht verständlich erklären, also lasse ich es einfach sein. Ein tonloses „tut mir leid und danke für deine Unterstützung" bekomme ich gerade so heraus. Julia ist sichtlich gekränkt, und ich kann sie ja auch wirklich verstehen. Sie geben sich alle solche Mühe meinetwegen und ich beschwere mich nur. Sie wären ohne mich wirklich besser dran. Diesen Gedanken hatte ich schon so oft, und ich beschließe, das weiterzuverfolgen. Wie soll ich es anstellen? Wenn ich eine Überdosis Tabletten schlucke, bin ich am Ende noch am Leben und noch eine größere Belastung für alle als jetzt schon. Die Autobahn und der Zug kommen auch nicht infrage, da kein Unbeteiligter damit belastet werden soll. Ich kenne niemanden, der eine Schusswaffe trägt, doch dann fällt es mir ein. Ein Messer. Das ist die Idee. Große, scharfe Messer habe ich zu Hause genug. Im Wald oder in der Dusche? Wo wäre ein guter Platz? Es sollte mich wohl besser ein Fremder statt Philip finden. Eigentlich ist es auch gemein, wenn ein Fremder eine Leiche findet. Davor hatte ich immer etwas Angst, da ich so oft im Wald unterwegs bin. Im See ertränken wäre daher auch ein guter Plan. Wenn ich weit genug hinausschwimme, findet mich vielleicht keiner. Tief in meinen düsteren Gedanken versunken bemerke ich kaum, dass wir schon da sind. Ohne mir etwas anmerken zu lassen, steige ich aus dem Auto. Von der ganzen Anstrengung heute Morgen bin ich total erschöpft, und ich lege mich aufs Sofa. Julia verschwindet ohne Worte in der Küche. Sie ist so eine gute Freundin. Wie es ihr wohl ohne mich gehen wird? Sie wird sicher wütend und traurig sein, aber irgendwann ist sie darüber hinweg. Oder? Es wird eine Erleichterung für sie sein. Und Philip? Wird er es verkraften? Und meine Eltern. Oje meine Eltern. Schlechtes Gewissen kriecht in meinen Bauch, doch ich bin so erledigt, dass ich einschlafe, bevor ich den Gedanken zu Ende denken kann.

Ich wache auf. Julia redet mit Philip in der Küche, aber ich verstehe nicht, was sie sagen. Meine letzten Gedanken schwirren noch durch meinen Kopf. Total benebelt kämpfe ich mich hoch und setz mich an den Tisch, als die beiden hereinkommen. Julia ist eine hervorragende Köchin, und ich schlinge eine riesige Portion hinunter. „Da hat aber jemand Appetit", witzelt Philip und grinst mich an. Er weiß ja nichts von meinem Plan, also grinse ich zurück. Soll ich ihm einen Brief schreiben? Er soll ja wissen, dass er alles getan hat, was er konnte und es nicht sein Verschulden ist. So kann ich einfach nicht weitermachen. Es ist so entwürdigend, wenn man für jede Kleinigkeit Hilfe benötigt. Wenn ich nur daran denke, wofür ich schon Hilfe gebraucht habe, die vergangenen Wochen, wird mir speiübel. Allein die täglichen Verrichtungen im Bad, die ich nicht selbst erledigen konnte. Mir läuft ein Schauer über den Rücken. Es ist so unangenehm, daran zu denken. Auch wenn ich zum Glück kaum Erinnerungen daran habe, macht es mich doch fertig. Ein Mann sollte seine Frau nicht so sehen. Wie soll er mich je wieder attraktiv finden können?

„Was steht heute Nachmittag an?" Philip reißt mich mit seiner Frage aus meinen Gedanken. „Ähm, ich glaube Logopädie und Neuropsychologie", stottere ich grübelnd. Ich war so abwesend, dass ich kaum klar denken kann. Hoffentlich hat das niemand bemerkt. „Genau", bestätigt Julia. Seit meiner Rückkehr nach Hause hat sie alle meine Termine fest im Griff. Mir wird vor Dankbarkeit warm ums Herz. Hoffentlich werde ich sie nicht zu sehr verletzen. Eine ganz neue Seite des schlechten Gewissens macht sich in mir bemerkbar. Schnell schüttle ich den Gedanken ab, und versuche, beim Tischabräumen zu helfen. Als die Küche aufgeräumt ist, setzen sich beide mit mir in den Garten für einen Kaffee. Das machen sie, weil ich es so zu tun pflege und sie sich immer mir anpassen. Nicht für sich selbst, für mich. Eigentlich sollte ich das ja genießen, denn es ist wahnsinnig rücksichtsvoll und lieb von ihnen. Aber so ein kleiner fieser Gedanke ganz hinten in meinem Kopf möchte das nicht genießen. Gar nichts sollte ich genießen, denn ich leiste ja auch nichts. Eine einzige Belastung bin ich hier. Ich versuche, mir nichts anmerken zu lassen, und schlürfe wie gewohnt meinen Kaffee an der Sonne. Herrlich dieses Wetter. Lucky schnüffelt in der Wiese, und es schwirren Bienen durch die Luft. Das liebe ich an meinem Garten, aber er sieht fürchterlich aus. Als ich nicht da war, hatte niemand Zeit dafür, weil ja alle ihre ganze Zeit für mich gebraucht haben. Also bin ich schuld, dass der Garten so aussieht. Morgen werde ich mich einmal darum kümmern, nehme ich mir vor. So möchte ich das nicht hinterlassen. Philip steht auf und verabschiedet sich von uns. Er gibt mir einen Kuss auf die Stirn und fährt dann zur Arbeit. Der arme Kerl ist immer nur am Arbeiten, und ich steuere gar nichts dazu bei. Nur noch mehr Aufwand mache ich ihm. Innerlich verdrehe ich die Augen, aber ich versuche, mir nichts davon anmerken zu lassen. Es wird Zeit, dass ich alle von dieser Last, die ich bin, erlöse.

Nach einiger Zeit müssen wir auch los. Julia erzählt mir, dass sie noch während meiner Therapien einkaufen geht. Immerhin nutzt sie die Zeit, die ich ihr stehle. Es ist zum Verrücktwerden. Wir verabschieden uns vor der Klinik, und ich trete ein. Routiniert melde ich mich an und setz mich dann ins Wartezimmer. Ein junger Mann mit offensichtlichen körperlichen Einschränkungen ist auch da. Ihn habe ich schon einige Male hier angetroffen. Seine Begleiterin ist wahrscheinlich seine Mutter, denke ich. Er kann fast gar nichts. Er spricht nicht, sitzt im Rollstuhl, hat wohl seinen Schluckreflex verloren und sieht nicht so aus, als würde er irgendetwas wahrnehmen. Eigentlich ist er ein Gefangener seines eigenen Körpers, überlege ich. So hätte ich auch enden können, wird mir mit einem Schlag bewusst. Mir schießen die Tränen in die Augen. Hoffentlich ist das niemandem aufgefallen. Ich senke meinen Blick und starre auf meine Füße. Wie kann ich nur so undankbar sein für das Geschenk, das ich erhalten habe. Mir wurde eine zweite Chance geschenkt, und dieser arme Kerl muss in seinem Rollstuhl vor sich hinvegetieren. Er kann sich nicht einmal selbst davon erlösen, selbst wenn er wollte. Es tut mir so leid für ihn. Ob er wohl mitkriegt, dass mit ihm etwas nicht stimmt, frage ich mich. Das muss grauenhaft sein. Seine Mutter muss alles für ihn tun. Sogar seine Spucke abwischen, nicht nur die Morgentoilette. Nichts kann er selbst. Gesäß abwischen, anziehen, essen, trinken. Für alles benötigt er jemanden. Und ich brauch grade einmal einen Chauffeur, denke ich mir und finde mich selbst zum Kotzen. Ich habe noch die Chance, mehr aus mir und meinem Körper herauszuholen, er nicht. Jetzt habe ich die nötige Motivation gefunden, mich voll reinzuknien. Laut meinen Ärzten ist es schon ein Wunder, was ich bisher alles erreicht habe, aber denen werde ich es noch zeigen. Mein Hals platzt fast vor Stolz und Hochmut.

Meine beiden Therapiesitzungen bringe ich ohne größere Probleme hinter mich und gehe mit einer Liste an Hausaufgaben wieder zurück ins Wartezimmer. Julia sitzt bereits dort und verabschiedet sich rasch von den anderen Anwesenden, bevor sie mich mit einer innigen Umarmung begrüßt. Ich drücke sie fest an mich, und sie sieht mich verwundert, aber zufrieden an. „Alles gut gelaufen?", fragt sie mich beim Hinausgehen etwas irritiert. „Ja, aber Autofahren werde ich wohl noch eine Weile nicht", gebe ich geknickt zu. Obwohl ich dem Computerspiel meiner Neuropsychologin die Schuld gebe, reagiere ich immer noch viel zu langsam und werde auch sehr schnell müde. Aber immerhin habe ich mich schon etwas verbessert. Solche Spiele liegen mir einfach nicht. Haben sie noch nie. „Dafür hast du ja uns", meint Julia schnell. „Ja, dafür bin ich auch wahnsinnig dankbar, aber es fällt mir schwer, immer auf eure Hilfe angewiesen zu sein", erkläre ich ihr. „Das tun wir doch gern für dich. Stell dir einmal vor, du wärst nicht mehr da. Das wäre viel schlimmer", erklärt sie mir. Bei diesem Satz bildet sich ein dicker Kloß in meinem Hals. Hat sie mir meine Gedanken heute Morgen angesehen? Seltsam. Sie streichelt sanft meinen Handrücken und sieht mich aufmunternd an. „Du machst solche Fortschritte, das kommt schon, du wirst sehen", meint sie, und ich hoffe, dass sie recht behält. Zu Hause angekommen, fühle ich mich noch fit genug, eine Runde mit Lucky zu drehen. Julia erklärt sich einverstanden, und wir genießen den lauen Sommerabend zusammen. Bald wird Philip von der Arbeit zurück sein. Er wird sich freuen, mich so aufgestellt zu sehen, denke ich. Zeit mit Julia tut mir einfach gut. Ich suhle mich richtig in meinem Wohlgefühl und bin froh, über meine deprimierte Phase hinweg zu sein.

Lucky und ich sind wieder zu Hause, und Julia verabschiedet sich von uns. Kurz darauf kommt auch schon Philip von der Arbeit, und ich erzähle ihm heiter von meinem Tag. Den düsteren, deprimierenden Teil lasse ich natürlich weg. Weil ich heute schon so viel erlebt habe, entscheiden wir uns für einen faulen TV-Abend. Gemeinsam sitzen wir auf dem Sofa und essen genüsslich unser Abendessen. Das machen wir eher selten so, aber manchmal ist es einfach kuschelig. Eine Kerze brennt auf dem Tisch und nach dem Essen machen wir es uns gemütlich. Ich liege in Philips Arm und genieße einfach den Moment. Die letzten Wochen haben mir gezeigt, wie wichtig es ist, das Leben in vollen Zügen zu genießen. Einfach alles bis ins letzte Detail auszukosten. Man kann nie wissen, wann es das letzte Mal sein wird. Mit einem breiten Lächeln auf dem Gesicht liege ich da und finde es einfach schön. Lucky hat sich auch zu uns gelegt, und sein Kopf liegt schwer auf meinem Oberschenkel. Kraulend fahre ich von seinen Ohren über seinen Rücken und wieder zurück. Eine ganze Weile liegen wir so zusammen. Vor dem zu Bett gehen lasse ich Lucky noch einmal hinaus in den Garten und lege mich dann zu Philip. Innerlich strahlend schlafe ich friedlich ein.

Am nächsten Morgen stehe ich früh auf und drehe meine Runde mit Lucky. Natürlich habe ich mir vorgenommen, meinen Radius etwas zu erweitern. Gestern wurde meine Motivation so geweckt, und ich möchte an mir arbeiten. Gegen Ende meiner geplanten Runde muss ich mich ziemlich auf meinen Bewegungsablauf konzentrieren, aber das stört mich nicht. Ich habe die Worte meines Physiotherapeuten im Ohr. Jeden Fuß ganz bewusst anheben, absetzen, abrollen und das gleiche immer wieder. Den Rücken gerade halten, die Bauchmuskeln anspannen. Wie ein Tonband läuft das in meinem Kopf auf und ab, und es fühlt sich gut an. Stolz hole ich mir zu Hause einen Kaffee aus der Küche und setze mich mit Lucky in den Garten. Was er wohl von der ganzen Sache hält? Philip kommt in den

Garten, gibt mir einen Kuss auf die Stirn und geht wie gewohnt zur Arbeit. Schön, dass alles wieder etwas Routine gefunden hat. Heute habe ich keine Therapie, und Cornelia kommt erst am Nachmittag. Es ist angenehm zu spüren, dass die anderen nicht mehr versuchen, mich rund um die Uhr zu überwachen. Dieses Vertrauen gibt mir Kraft und motiviert mich gleich noch mehr. Sofort nach dem Frühstück mache ich mich an meine Hausaufgaben. Zuerst übe ich eine Stunde mit meinem Computerspiel und trainiere meine Reaktion. Ich will ja schließlich meinem Autoschlüssel etwas näherkommen. Dann mache ich draußen einige Gleichgewichts- und Kraftübungen. Danach sind Dehnen und Atemübungen dran. Langsam habe ich ein richtig gutes Trainingskonzept entwickelt und halte mich auch brav daran. Wie lange ich wohl noch trainieren muss, bis ich normal gehen kann? Joggen wäre auch wieder einmal etwas, denke ich. Beim Thema „Gehen" fällt mir meine Mutter mit Ihrer Verletzung ein, und ich rufe sie an. Wir plaudern eine ganze Weile miteinander, doch dann wird sie beim Thema „Reiten" wieder etwas schroff, und ich beschließe das Gespräch zu beenden. Es reicht mir, mit einer Person darüber diskutieren zu müssen. Mal sehen, ob ich mit Cornelia am Nachmittag in den Stall kann. Mittlerweile ist es elf Uhr, und ich mache mich ans Vorbereiten fürs Mittagessen. Dafür brauche ich noch sehr viel mehr Zeit, als es früher der Fall war. Alles muss genau bedacht und jeder Schritt gut geplant sein. Mir fällt es noch sehr schwer, mich auf mehrere Dinge gleichzeitig zu konzentrieren. Weil ich ja keinen Grund liefern möchte, mir wieder Verantwortung zu entziehen, muss alles wohlüberlegt sein. Nichts verschütten, nichts verbrennen und vor allen Dingen nicht verletzen. Auf gar keinen Fall verletzen. Das ist mein neues Mantra. Als Philip nach Hause kommt, merke ich seine angespannte Stimmung. Voll und ganz scheint er mir wohl doch nicht zu trauen, denke ich. Er versucht, es zwar heimlich zu tun, aber ich bemerke doch die Kontrollblicke, die er in die Küche und dann auf das Essen wirft. Es kratzt etwas an meinem Selbstbewusstsein, wie er sich benimmt. Ich habe mir solche Mühe gegeben, aber ich lasse mir sicher nichts anmerken. Soll er doch selbst erkennen, dass man mich auch allein lassen kann. Sein Versuch, sein Misstrauen zu überspielen, gelingt ihm sehr schlecht. Ganz unterschwellig fragt er nach meinem Vormittag, und ich erzähle stolz, was ich alles erledigt habe. Sein Erstaunen kann er ebenso schlecht verstecken, und ich muss grinsen. „Was ist?", fragt er empört, und ich schüttle nur den Kopf. Um ihn etwas abzulenken, frage ich nach der Arbeit und was er heute Vormittag getan hat.

„Heute Abend könnten wir doch wieder einmal ins Kino", schlage ich vor. Cornelia kommt ja am Nachmittag vorbei, und wir könnten zu viert abends etwas unternehmen, denke ich ganz spontan. Philip ruft seinen Bruder Olaf an und der ist einverstanden. Dann rede ich später mit Cornelia. Kaum von ihr gesprochen, kommt sie auch schon zur Tür herein. Kurz erzähle ich ihr von unseren Plänen, und sie ist sofort dabei. Strahlend stehe ich auf und räume den Tisch ab. Philip verabschiedet sich von uns, während ich mir einen Kaffee mache. Cornelia möchte ebenfalls einen und wir setzen uns damit in den Garten. Etwas befangen erzähle ich ihr von meinen Longier Problemen und frage sie, ob sie mir auch helfen würde. Es ist mir richtig peinlich und unangenehm, sie um Hilfe zu bitten. Natürlich ist sie prompt einverstanden, und sobald ich umgezogen bin, machen wir uns auf den Weg. Die Pferde grasen friedlich auf der Weide, und einige Zeit stehen wir einfach da und sehen ihnen nur zu. Solche Momente liebe ich. Man braucht ein Pferd nicht zu reiten, um eine schöne Zeit mit ihm zu verbringen. Natürlich brauchen sie Bewegung, aber da gibt es noch einige Alternativen. Zum Glück habe ich schon immer gern vom Boden aus mit Shila gearbeitet. Denn so, wie es momentan den Anschein macht, ist Reiten noch in ganz weiter Ferne für mich.

Wir gehen auf die Weide und holen Shila. Putzen und pflegen darf ich sie ja. Das tun wir auch sehr intensiv, bevor wir mit ihr zum Reitplatz gehen. Es gestaltet sich etwa gleich wie gestern. Nach einiger Zeit kann ich mich kaum noch auf den Füßen halten, und ich verliere schnell das Gleichgewicht und Cornelia übernimmt. Dankbar sehe ich ihr von der Seite aus zu, auch wenn es mir sehr schwerfällt, die Hilfe anzunehmen. Zum Schluss beschließe ich noch, einige Tricks mit Shila zu versuchen. Früher haben wir das oft gemacht und sie tut das auch gern. Sogar an einem Zirkuskurs hatten wir dafür einmal teilgenommen. Nicht jedes Tier lernt die gleichen Tricks gleich schnell oder gut. Wir haben unsere Talente entdeckt und daran gearbeitet. Mit Freude stelle ich fest, dass sie nichts verlernt zu haben scheint. Mit viel Elan gibt sie ihr Bestes und ich strahle vor Glück. Ich war schon immer sehr stolz darauf, und es scheint ihr immer noch Spaß zu machen. Mein Körper macht dabei keine Probleme, und ich freue mich doppelt, endlich etwas gefunden zu haben, dass ich ohne Probleme machen kann. Cornelia sieht mir begeistert zu. Sie scheint sich auch sehr zu freuen. Zufrieden bringe ich Shila zurück auf die Weide und wir fahren nach Hause. Natürlich bin ich wieder total erledigt und brauche erst einmal eine Pause. Ich lege mich hin und schlafe sofort ein. Als ich wieder aufwache, hat Cornelia schon einiges im Haushalt erledigt, was mich zwar dankbar, aber auch etwas grimmig stimmt. Das wollte ich nicht. Sie soll nicht auch noch zu Hause meine Aufgaben erledigen. Aus Erfahrung der letzten Wochen, spreche ich das Thema trotzdem nicht an. Wir beschließen noch gemeinsam eine Runde mit Lucky zu drehen. Am Bach setzen wir uns auf eine Bank und sehen ihm zu, wie er schnüffelt und spielt. Es ist herrlich, ihm dabei zuzusehen, so friedlich. Am Himmel braut sich etwas Düsteres zusammen, und wir gehen zurück zum Haus. Kaum dort angekommen, gießt es in Strömen. Da haben wir noch einmal Glück gehabt. Wir kichern und setzen uns mit einem Kaffee unter das Dach im Garten und sehen uns das Spektakel aus sicherer Entfernung an. Man riecht den warmen Boden, der vom Regen nass wurde, und die Pflanzen biegen sich unter dem Druck des Wassers. Nach einigen Minuten ist es auch schon wieder vorbei, doch die Blitze am Himmel versprechen nichts Gutes.

Da wir noch fürs Kino verabredet sind, geht Cornelia nach Hause zum Duschen und Umziehen. Dasselbe mache ich auch. Es fällt mir zwar schon um einiges leichter als noch vor einigen Tagen, aber es ist immer noch eine ziemliche Herausforderung. Meine Therapeuten meinten, es wäre kein guter Plan zu duschen, ich sollte immer baden. Duschen wäre viel zu gefährlich, wegen der Gefahr auszurutschen und hinzufallen. Doch ich will ja zu meinem alten Leben zurück, also halte ich stur am Duschen fest. Hoffentlich passiert nie etwas, das wäre zu peinlich. Besonders das Anziehen bereitet mir noch extrem Mühe. Die Hosen und Socken kann ich immer noch nur im Sitzen anziehen, weil mein Gleichgewicht einfach noch nicht gut genug ist, um auf nur einem Bein zu stehen. Das nagt täglich an meinem Selbstwertgefühl. Wie besessen versuche ich, mein Gleichgewicht zu verbessern. Doch das ist wirklich sehr schwierig. Das hätte ich früher nie geglaubt. Philip kommt von der Arbeit und hüpft auch noch kurz unter die Dusche. Genau dieses „kurz" ist das, was ich jetzt nicht mehr kann. Das nervt. Für jede Kleinigkeit brauche ich ewig Zeit, und alles muss ich immer schön im Voraus planen, damit ich es nicht vergesse. Scheußlich dieses Gefühl, so fehlerhaft zu sein.

Olaf und Cornelia holen uns fürs Kino ab, und ich begrüße Olaf mit einer innigen Umarmung. Wir steigen in sein Auto und fahren los. Die Stimmung unterwegs ist freudig und ausgelassen. Im Kino angekommen, trinken wir zuerst noch einen Drink an der Bar und holen uns dann Popcorn. Das ist wohl mein erster Schluck Alkohol seit Ewigkeiten und das merke ich prompt. Wir steuern unseren Kinosaal an, und ich bin froh, Philips Hand zu halten. Ich schwanke schon bedenklich. Der Vorspann hat schon angefangen und es ist ziemlich dunkel im Kinosaal. Beduselt versuche ich, meine Unsicherheit beim Gehen zu verstecken und kralle mich am Handlauf der Treppe fest. Wir müssen an einigen Personen vorbei, die schon in unserer Reihe sitzen. Auch das noch. Es fällt mir extrem schwer, mich in der schmalen Gasse zwischen Beinen und Stuhllehnen geschmeidig hindurchzuschlängeln. Eine Athletin war ich nie, aber das gerade ist so verdammt peinlich. Am liebsten würde ich mich irgendwo verkriechen. Einige Male verliere ich das Gleichgewicht und fange mich an Philips Arm wieder auf. Die anderen Gäste sehen mich total entgeistert an, und ich verspanne mich. Philip bemerkt mein Unbehagen und bietet mir einen Platz zwischen ihm und Cornelia an. Dafür bin ich ihm sehr dankbar. So muss ich neben niemanden Fremden sitzen. Der Film beginnt und ich versuche, mich auf den Bildschirm zu konzentrieren. Etwas ganz Normales, Alltägliches, das für mich eine sehr schwierige Aufgabe darstellt. Woran es liegt, kann ich nicht genau sagen, aber es ist sehr unangenehm, auf die Leinwand zu schauen, und ich bin froh, als der Film endlich vorbei ist. Die ganze Zeit über habe ich mich nur auf das Ende gefreut. Vom Film habe ich nicht viel mitbekommen. Nun folgt das gleiche Spektakel wieder zurück zum Ausgang. Zum Glück bewegt sich die ganze Meute an Menschen sehr langsam und gemächlich vorwärts, sodass mein Schwanken kaum auffällt. Draußen angekommen atme ich ganz tief durch. Mit gesenktem Kopf stehe ich da. „Hat dir der Film nicht gefallen?", fragt Olaf etwas gekränkt, da er den Film ausgesucht hat. Philip stellt sich beschützend vor mich und meint: „Es hat nichts mit dem Film zu tun." Er hat es wohl bemerkt, wie unwohl ich mich gefühlt habe. Er kennt mich einfach so gut. „Magst du noch etwas trinken oder sollen wir nach Hause?", fragt er dann an mich gewandt. „Ich wäre froh, wenn wir gehen würden. Ist das okay?", antworte ich ihm leise und habe ein schlechtes Gewissen. Da unternehmen wir endlich einmal etwas und dann müssen wir meinetwegen wieder früher gehen. Das ist so entwürdigend. Ich würde mich selbst nicht aushalten, wenn ich er wäre. Total mitfühlend wie immer, stimmen alle sofort zu und wir gehen zu Olafs Wagen. Betrübt nehme ich Platz. Olaf kurvt uns gekonnt nach Hause. Die anderen reden noch aufgeregt und gut gelaunt über den Film, den wir gerade gesehen haben. Ich kann mich kaum an etwas davon erinnern. Total gelähmt war ich die ganze Zeit nur mit mir selbst beschäftigt gewesen und konnte mich nicht auf die Handlung konzentrieren. Auf dem Parkplatz angekommen, verabschieden wir uns von Olaf und Cornelia, und ich entschuldige mich noch einmal. Keiner will etwas davon hören, und wir steigen aus. Philip hilft mir ins Haus. Das Laufen fällt mir schwer. So schnell ich kann, schlüpfe ich in meinen Pyjama und krieche unter die Decke. Philip geht noch mit Lucky raus. Ach ja, das habe ich wieder total vergessen. Ich war so auf mich selbst konzentriert. Wie egoistisch und frustrierend. Ich bin so müde, dass ich nicht einmal mehr mitbekomme, wie Philip sich zu mir legt.

Ich wache auf und ziehe mich an. Schnappe mir die Leine und geh mit Lucky raus. Das Wetter ist immer noch etwas trüb und genau so ist auch unsere Stimmung. Eigentlich will ich mir ja Mühe geben, nicht immer so negativ zu reagieren, doch das ist schwer. Lucky mag schlechtes Wetter nicht sehr gern und muntert mich auch nicht gerade auf. Später wird Rebekka vorbeikommen und immerhin darauf freue ich mich. Sie ist so eine witzige Frau. Zu Hause setze ich mich wie gewohnt mit meinem Kaffee in den Garten, doch ich muss unter dem Dach sitzen, denn es hat wieder angefangen zu regnen. Lucky sieht gerade keinen Grund, mir Gesellschaft zu leisten. Mit gesenktem Kopf steht er an der Tür und sieht mich entschuldigend an. Der Regen selbst macht ihm nichts, aber die Gewitterstimmung mag er nicht. Philip kommt zu mir hinaus und krault meinen Nacken. „Wie geht es dir?", fragt er mich, und ich weiß genau, dass er von gestern Abend redet. „Schon okay", gebe ich zurück. Er soll sich doch nicht um mich sorgen, und ich bemühe mich um einen aufgestellten Tonfall. Natürlich kennt er mich so gut, dass er mich durchschaut. Er streichelt sanft meinen Kopf und verabschiedet sich fast entschuldigend von mir. Als wäre er schuld an meiner Situation.

Weil ich langsam anfange zu frieren und ich ja schon weiß, was die Kälte mit meinem Körper anstellt, gehe ich rein aufs Sofa. Da kommt auch schon Rebekka ins Haus. Wie immer gut gelaunt, springt sie mich förmlich an und begrüßt mich freudig. Ihre gute Laune ist richtig ansteckend. Plappernd und kichernd sitzen wir eine ganze Weile zusammen auf dem Sofa. „So, nun müssen wir aber wirklich los", meint Rebekka mit einem schiefen Blick auf die Uhr. Bei mir steht heute wieder einiges an Therapie auf dem Programm und sie darf wieder einmal total viel ihrer Zeit totschlagen, denke ich genervt. Wir steigen in den Wagen und fahren zusammen zur Klinik. Mahnend erklärt sie mir, nach der Therapie im Wartezimmer zu bleiben, und ich stimme schmunzelnd zu. Sie schaut mir streng in die Augen und ich sehe streng zurück. „Habe verstanden", sage ich und wir verabschieden uns. Sie hat wohl immer noch ein Trauma, weil ich ihr schon einmal verloren ging. Das sollte sie langsam wirklich ablegen. Heute habe ich wieder einmal Physiotherapie. Meine liebste Therapie, denn ich kann das super zu Hause trainieren und der Therapeut ist immer sehr zufrieden mit mir. Er holt mich ab und sieht sich zuerst die Fortschritte meines Gleichgewichtes an und gibt mir einige schwierigere Übungen mit. Plötzlich fällt mir ein, dass ich wieder joggen möchte, und ich frage verlegen nach: „Ist es eine gute Idee, wieder mit Joggen anzufangen, oder eher eine zu große Belastung für meinen Körper?" Mein Physiotherapeut ist hocherfreut über diese Frage. Er habe selten Patienten mit so einem starken Willen wie mich, die auch noch mehr machen wollen, als er fordert. Verlegen starre ich auf meine Füße und kichere beschämt. „Das war ein Kompliment", erklärt der dunkelhaarige Therapeut auf meine Reaktion etwas schroff. „Du kannst sehr wohl versuchen zu joggen. Einfach klein anfangen, nicht übertreiben. Einen Fuß vor den anderen und immer das Abrollen im Kopf behalten. Der Rücken gerade und an deinen geschwächten Fußheber denken. Toll, wenn du diesen Muskel trainierst, einfach nicht zu früh zu viel", erklärt er mir sachlich. Immer noch etwas verlegen, stimme ich nickend zu und freue mich bereits auf meinen ersten Joggingausflug morgen früh. Lucky wird solchen Spaß haben, denke ich. Dümmlich grinse ich vor mich hin. Wir sind mit unserer Lektion fertig, und ich gehe zurück ins Wartezimmer. Nach kurzer Zeit holt mich auch schon meine Logopädin ab. Sie bittet mich, auf den Behandlungsstuhl zu sitzen, und ich tue wie mir befohlen. Mit einem Wattestäbchen ähnlichen Instrument, das vor Kälte raucht, kommt sie mir entgegen, und ich sehe sie entsetzt an. Damit möchte sie mein Gaumensegel etwas „aktivieren", erklärt sie mir. Denn auch mein Schluckreflex ist seit dem Unfall ziemlich geschwächt, und ich verschlucke mich dauernd. Etwas ängstlich öffne ich brav den Mund und spüre, wie sie mich mit dem gefrorenen Stab berührt und sich der entsprechende Muskel zusammenzieht. Aber zum Glück schmerzt das überhaupt nicht und ich entspanne mich. Als sie damit fertig ist, machen wir wieder einige Atemübungen, und sie zeigt mir, wie ich meinen Brustkorb dehnen kann. Denn dieser ist total verspannt und verzogen dank der falschen Atmung seit ich im Koma gelegen bin. Ich summe und brumme vor mich hin und finde es ziemlich unangenehm. Zumal die Therapeutin ein hübscher Anblick ist, und es ist beschämend für mich, die Schwache zu sein. Endlich sind wir fertig, und ich begebe mich zurück ins Wartezimmer. Nach einer kurzen Zeit stürmt auch schon Rebekka zur Tür herein und entschuldigt sich aufgebracht. „Alles okay. Ich warte noch nicht lange", beschwichtige ich sie. Trotzdem lässt sie sich kaum beruhigen. „Ich wollte zur Sicherheit schon früher hier sein, doch der Kassierer im Laden brauchte eine Ewigkeit", erklärt sie mir kopfschüttelnd und völlig außer Atem. Da sie schon seit wir uns kennen, immer auf den letzten Drücker kommt, grinse ich sie verschwörerisch an. Mit aufgesetzter Empörung verdreht sie die Augen und ich lache. Gemeinsam gehen wir zu ihrem Wagen und setzen uns hinein. „Philip hat vorhin angerufen, er schafft es heute Mittag nicht nach Hause. Sollen wir beide Chinesisch essen gehen?", fragt sie mich und ich stimme begeistert zu.

Wir fahren also zum Chinesen und Rebekka parkt direkt vor dem Eingang. Es sind noch kaum Menschen hier und wir können uns einen gemütlichen Tisch aussuchen. Beim Hinsetzen verheddert sich mein Fuß mit einem Stuhlbein, und ich knalle gegen die Wand mitsamt dem Stuhl. Rebekka fährt entsetzt zusammen und versucht, mir zu helfen. Ich fange lauthals zu lachen an, und sie stimmt nach kurzem Zögern in mein Lachen ein. Wer meinen beinahe Sturz bis jetzt noch nicht mitbekommen hat, sieht uns spätestens jetzt total entgeistert an. Die Blicke der wenigen Gäste bringen mich noch mehr zum Lachen und ich kriege mich fast nicht mehr ein. Auch Rebekka kann sich kaum noch erholen. Sie hilft mir aus meiner misslichen Lage und wir setzen uns hin. Als wir uns wieder komplett beruhigt haben, kommt die Kellnerin und nimmt unsere Bestellung auf. Wir genießen gemeinsam das leckere Essen und die Gesellschaft der jeweils anderen. So etwas haben wir schon lange nicht getan. Früher haben wir das oft gemacht, und ich erinnere mich mit schwerem Herzen daran. Rebekka bemerkt meine traurige Stimmung und fragt nach. Ehrlich erzähle ich ihr, was mich gerade bewegt, und sie ist beinahe zu Tränen gerührt. „Das machen wir ab jetzt wieder häufiger, versprochen. Jetzt, wo es dir wieder so gut geht", beteuert sie, und ich werde weinerlich bei den Worten „wieder so gut". Mir ist bewusst, dass ich schuld bin und wir meinetwegen schon so lange nichts zusammen erlebt haben. Ein dicker Kloß steckt tief in meinem Hals. Werde ich je darüber hinwegkommen? Werde ich je wieder so funktionieren wie früher? Bin ich wie früher? Meine Persönlichkeit? Aus meiner Sicht bin ich dieselbe Person wie eh und je, aber stimmt das? Mir wird übel. Rebekka bemerkt meine Nachdenklichkeit und will wissen, was mich immer noch bedrückt. Sie kennt mich einfach zu gut. „Bin ich für dich die gleiche Person, die ich vor dem Unfall war? Oder bin ich anders?" Bei der Frage zittern meine Lippen und Tränen brennen in meinen Augen. Sie überlegt ganz genau, wie sie mir antworten soll, was mich extrem verunsichert. Schließlich meint sie: „Zum Teil bist du wie damals und zum Teil anders. Wie ich dir das erklären soll, weiß ich selbst nicht. Aber ich mag dich noch genauso. Oder sogar mehr, weil ich so froh bin, dass du wieder da bist." Zärtlich nimmt sie meine Hand. Von ihren Worten so berührt, schweige ich und versuche, nicht zu weinen. Obwohl ich meine Tränendrüsen wieder etwas besser unter Kontrolle habe, gelingt es mir nicht. Den Blick starr auf meine Knie gerichtet, kneife ich die Augen fest zusammen, doch es nützt nichts und mir entwischt ein lauter Schluchzer. Rebekka lacht und klopft mir auf die Schulter. „Genau das ist anders an dir. Du bist viel weicher als früher. Du warst immer die Starke und nichts konnte dich aus der Fassung bringen", meint sie. Auch ich fange zu lachen an und wir verfallen wieder in lautes Gelächter. Wir beruhigen uns erst nach einiger Zeit und verlassen dann einigermaßen gesittet das Lokal. Im Auto beginnen wir immer wieder zu kichern. Erst zu Hause angekommen, können wir uns wieder etwas besser beherrschen. Lucky freut sich wie verrückt auf uns, und ich verspreche ihm einen schönen Spaziergang. Doch nun muss ich mich zuerst etwas hinlegen, denn der Vormittag war ziemlich anstrengend für mich.

Rebekka setzt sich mit Lucky in den Garten und ich lege mich aufs Sofa. Irgendwie kann ich mich aber nicht richtig entspannen und ich beschließe, auch in den Garten zu gehen. Neben Rebekka setze ich mich auf einen Stuhl und genieße die Sonne. Ziemlich lange sitzen wir einfach nur so da und kosten die Ruhe aus. Heute ist ein richtig schöner Tag. Wir entscheiden uns für einen Spaziergang und gehen los. Leider muss ich mich enorm auf meinen Körper konzentrieren und kann nicht mit Rebekka quatschen. Deswegen legen wir auf einer Bank einen Halt ein und setzen uns hin. Lucky schnüffelt begeistert die Umgebung ab und ich bemerke meine Erschöpfung. Es beunruhigt mich, dass ein solch toller Tag mich noch so extrem ermüden kann, und ich fühle mich hilflos. Rebekka bemerkt natürlich meinen Gemütszustand und nimmt mich wortlos in den Arm. Eine sehr lange Zeit sitzen wir einfach so beisammen. Irgendwann fragt sie, ob ich mich fit genug für den Heimweg fühle, und ich stimme zu. Beim Gehen muss ich mich wieder wahnsinnig konzentrieren, damit ich nicht ins Schwanken gerate oder stolpere. Einen Fuß vor den anderen, schön abrollen und die Füße bewusst anheben. Zurück im Garten angekommen lasse ich mich auf meinen Stuhl fallen und Rebekka geht ins Haus, um uns Kaffee zu holen. Als sie zurück ist und sich neben mich setzt, sage ich kleinlaut: „Es tut mir leid." Sie sieht mich total entgeistert an. „Können wir das heute bitte für uns behalten? Philip macht sich so schon immer viel zu viel Sorgen", sage ich bedrückt. Rebekka lächelt wissend und nickt. Dafür bin ich überaus dankbar und ich zwinkere ihr zu. Sie trinkt ihren Kaffee aus und verabschiedet sich. „Soll ich dir noch rein aufs Sofa helfen?", fragt sie etwas hilflos. „Nein, nein, das geht schon, danke", flunkere ich und hoffe, dass ich recht behalte. So schwach habe ich mich schon lange nicht mehr gefühlt.

Ich wache auf. Philip streichelt sanft über meinen Kopf. Wie es aussieht, liege ich auf dem Sofa, Lucky dicht an mich gekuschelt. Ich weiß gar nicht mehr, wie ich hierhergekommen bin. „Magst du etwas essen?", fragt Philip, als er bemerkt, dass ich wach bin, und tatsächlich sterbe ich vor Hunger. Er geht sofort in die Küche und macht sich ans Werk. Wir beschließen, wieder einmal vor dem Fernseher zu essen, und kaum habe ich meinen Magen gefüllt, schlafe ich auch schon wieder ein. Ganz am Rande bemerke ich, wie Philip aufräumt und mit Lucky hinausgeht. Er streichelt meine Wange und fragt, ob ich ins Bett komme. Ich knurre nur etwas Unverständliches und spüre plötzlich zwei starke Arme um meinen Körper. Philip trägt mich ins Bett und deckt mich liebevoll zu. Eingehüllt in eine Woge der Liebe schlafe ich auch schon wieder.

Die ersten Sonnenstrahlen drücken sich durch die dunklen Vorhänge an unserem Schlafzimmerfenster und ich strecke mich. Was für ein irrer Tag gestern. Ich fühle mich, als hätte ich einen Marathon gemacht. Etwas grimmig nehme ich zur Kenntnis, dass so wenig Anstrengung mich so sehr ermüdet hat. Eine Weile liege ich nur so da. Eigentlich wollte ich heute ja das erste Mal joggen gehen, aber das lasse ich wohl besser bleiben. Dafür fühle ich mich jetzt wirklich nicht fit genug. Mittlerweile habe ich ja gelernt, auf meinen Körper zu hören, und deshalb bleibe ich liegen. Da heute Samstag ist, kann auch Philip entspannt liegen bleiben, und ich streiche mit meinen Fingerspitzen seinen Rücken entlang. Er brummelt genüsslich, und ich suhle mich in dem Wissen, etwas zu tun, was er mag. Oft kann ich das ja nicht. Momentan tut ja nur er Dinge für mich und nicht umgekehrt. Eine Ewigkeit bleiben wir so liegen, bis sich Lucky bemerkbar macht. Er hat wohl gemerkt, dass wir wach sind, und würde gern seinen Spaziergang in Anspruch nehmen. Kichernd stehe ich auf und gehe ins Bad. Nachdem ich mich bewusst vorsichtig angezogen habe, verlasse ich mit Lucky das Haus. Nur eine ganz kleine Runde nehme ich mir vor. Meine Kräfte sollte ich ja sparen, falls wir später gemeinsam noch etwas machen, denke ich. Echt nervig, immer alles so planen zu müssen. Philip sollte lieber nicht merken, wie wenig ich doch noch vertrage. Nach kurzer Zeit bin ich auch schon wieder zurück. Zu Hause riecht es bereits verführerisch nach Speck, als ich das Haus wieder betrete. Statt wie erhofft liegen zu bleiben, hat sich Philip schon wieder voll ins Zeug gelegt und Frühstück gemacht. Einerseits finde ich das wahnsinnig toll von ihm und ich bin ihm auch dankbar, aber mein schlechtes Gewissen wird dadurch nicht weniger. Ich versuche, ein fröhliches Gesicht aufzulegen, und setze mich, wie mir befohlen, an den Esstisch. Ziemlich schweigsam verzehren wir das Frühstück, bis Philip mich fragt, was los ist. „Nichts", lüge ich, ohne rot zu werden. Er nickt wissend und verdreht die Augen. Da er das Thema anscheinend nicht vertiefen will, fragt er, wie mein Tag gestern war. Denn gestern Abend war ich ja nicht mehr wahnsinnig redselig. Kurz erzähle ich ihm, was wir alles gemacht haben, lasse aber die große Erschöpfung weg und hoffe, dass er nicht nachfragt. Zu meiner Überraschung geht er sofort zum nächsten Tagespunkt über. Wir müssen noch einkaufen gehen.

Wir erledigen so rasch, wie es mit mir nun einmal geht, den Einkauf und setzen uns danach in den Garten. Wir wollen noch grillen, also richte ich den Gartentisch zum Essen her. Immer noch muss ich mich wahnsinnig konzentrieren, damit ich mit Besteck und Geschirr in den Händen nicht stolpere. Gehen und etwas tragen ist noch extrem schwierig für mich, und ich ärgere mich darüber. Aus Rücksicht auf meinen Mann versuche ich, mir das nicht anmerken zu lassen. Doch ich denke, er merkt schon, dass ich alles sehr langsam und konzentriert erledige. In der Zwischenzeit hat er bereits das Fleisch für den Grill vorbereitet und ich mache mich an den Salat. Seinen mahnenden Blick, als ich das Messer aus der Schublade nehme, übergehe ich einfach. Er geht hinaus und ich kann in Ruhe den Salat anrichten.

Mit der Salatschüssel in den Händen gehe ich zügig auf den Sitzplatz und stolpere über die kleine Schwelle der Tür. Philip fängt die Schüssel und mich gerade noch auf, und mir schießt die Schamesröte ins Gesicht. Zum Glück kommentiert er den Vorfall nicht weiter, und ich bin extrem überrascht. Was ist heute bloß mit ihm los? So angenehm locker war er schon lange nicht mehr in meiner Gegenwart. Als Dank gebe ich ihm wortlos einen Kuss auf die Wange und setze mich an den Tisch. Beim Mittagessen reden wir nicht viel, und ich räume den Tisch auf, als wir fertig sind. Mit einem frischen Kaffee setze ich mich wieder zu Philip an den Tisch. In Gedanken versunken grüble ich über unsere Zukunft nach und natürlich bemerkt er das. „Was ist?", fragt er schon etwas genervt. Diesen Tonfall mag ich gar nicht, denn ich habe ja überhaupt nichts getan oder gesagt. Schon leicht angestachelt antworte ich: „Normalerweise würde ich mich ja jetzt für einen Ausritt verabschieden bei dem tollen Wetter." Betont gleichgültig blicke ich ihm in die Augen. „Nicht das schon wieder", antwortet Philip und sieht mich verärgert an. „Ja doch. Das schon wieder. Du kannst es mir nicht ewig verbieten", protestiere ich bewusst herausfordernd. „Sollen wir deine Eltern anrufen?", fragt er mich, ebenfalls streitlustig geworden. Diese Antwort haut mich fast um, und ich werde weinerlich. „Ihr könnt mir nicht alles vorschreiben", sage ich leise. Ungläubig starrt er mich an. „Glaubst du, dass es Spaß gemacht hat, dich so zu sehen? Du hast uns nicht erkannt, du wusstest nicht, was passiert ist. Nicht einmal Lucky und Shila hast du erkannt, und Rebekka hatte dir extra Fotos von den beiden in dein Zimmer gehängt. Nicht genug, dass du dein Gedächtnis verloren hattest, nein, du konntest auch nicht artig sein in der Klinik. Dauernd hast du versucht zu fliehen. Ich musste neben dir auf dem Boden schlafen, damit du nicht jede Nacht aus dem Bett fällst. Du hast die Pfleger und die Therapeuten torpediert, und ich musste dich dauernd verteidigen und beschützen. Ganz nebenbei musste ich noch meinen Job behalten und alles andere regeln. Dein Pferd lebt ja bekanntlich kostenlos, oder? Weißt du, wie viel Energie das gekostet hat? So etwas will ich nie wieder erleben! Und was glaubst du, würden deine Eltern dazu sagen, wenn ich dich einfach wieder reiten lassen würde. Was, wenn dir etwas passiert? Dann bin ich schuld!" Den letzten Satz schreit er mir ins Gesicht und verschwindet im Haus. Laut höre ich ihn die Küche aufräumen. Wie immer, wenn er wütend ist, rumort es. Dann hört man das im ganzen Haus. Stumm bleibe ich zurück und gehe in Gedanken noch einmal alles durch, was er mir gerade an den Kopf geworfen hat. Einiges kommt wie Erinnerungsfetzen zurück an die Oberfläche. Ich, wie ich versuche, aus dem Bett zu krabbeln, und wie ich versuche, die Türe zu öffnen. Wie ich in der Therapie sitze und die ganzen Aufgaben total lächerlich finde. Die Bilder an der Wand, die mir bekannt und trotzdem so fremd waren. Und was er als Letztes gesagt hat. Dass er die Verantwortung für mich hat. Dass alles auf ihn zurückfällt, sollte mir etwas passieren. Was muss das für ein Gefühl für ihn sein? In letzter Zeit hatte ich ja oft ein schlechtes Gewissen, aber das jetzt gerade, das ist unsagbar schrecklich. Wie ein Wasserfall beginne ich zu weinen. Doch es sind keine Tränen der Traurigkeit für mich, ich bin traurig für ihn. Was musste er alles meinetwegen durchmachen. Diese schlimme Zeit, die er erlebt hat, die für mich nicht viel mehr als ein schlechter Traum war. Dieses Gefühl der Schuld brennt wie Feuer in meinem Bauch. Was haben alle meinetwegen gelitten! Vor Schuldgefühlen breche ich fast zusammen. Und ich fordere auch noch. Immer fordere ich. Ich will und will und will. Das ist so egoistisch von mir. Und doch, es ist mein Leben. Mein eigenes Leben und nicht das der anderen. Ich wollte ja nicht ins Koma fallen. Ich habe das nicht absichtlich gemacht. Natürlich, ich war absichtlich auf dem Pferd, aber das hätte auch bei so vielen anderen Tätigkeiten passieren können. Wahrscheinlich kann ich das nie wieder gut machen. Doch ohne Pferde leben, das kann ich auch nicht. Shila ist ein Teil meines Lebens. Genau wie Lucky. Ach ja, Lucky! Ich hole einmal tief Luft und gehe ins Haus. „Machen wir eine Runde mit Lucky?", frage ich Philip mit Blick auf meine Füße. Der Mut reicht nicht aus, ihm in die Augen zu sehen. Knapp stimmt er zu. Gemeinsam ziehen wir die Schuhe an und verlassen mit Lucky an der Leine das Haus. Auch Lucky gegenüber habe ich ein schlechtes Gewissen. Was war er viel allein in dieser Zeit! Niemand hatte Zeit für ihn. Das kann ich nie wieder gut machen, denke ich. Philip nimmt wortlos meine Hand, und wir gehen eine ganze Zeit lang stumm nebeneinander her. Plötzlich fragt er mich: „Magst du nachher noch zu Shila fahren?" Damit bringt er mich total aus dem Konzept. Etwas entgeistert sehe ich ihn an und nicke. Unser Spaziergang dauert noch eine ganze Weile, und ich traue mich kaum, ein Wort zu sagen. Zu Hause angekommen ziehe ich andere Kleidung an und wir steigen ins Auto. „Darf ich sie zum Putzen holen?", frage ich kleinlaut. Seine plötzliche Kehrtwendung möchte ich ja nicht überstrapazieren. Und doch kann ich es einfach kaum ertragen, Shila nur zu besuchen und gar nichts mit ihr zu machen. „Ja klar. Solange ich nichts helfen muss", erwidert Philip, und ich gebe mich damit zufrieden. Shila ist auf der Weide, und ich merke Philip an, dass es ihm gar nicht behagt, dass ich diese betrete. Doch er hat dem Putzen ja schon zugestimmt und sagt kein Wort. Nachdem ich Shila angebunden habe, striegle ich sie zügig durch und kämme Mähne und Schweif. Als ich mich an die Hufe mache, höre ich ein genervtes Stöhnen neben mir. Philip hat solche Angst vor den Pferden. Er würde niemals freiwillig ein Huf anheben. Aber Shila ist so ein liebes Pferd. Sie würde doch nie einen falschen Schritt machen, solange ich in ihrer Nähe bin. Wieso kann er das nicht akzeptieren? Dass sie gestürzt ist, war ja nicht ihre Schuld. Trotz meiner Empörung verkneife ich mir jeden Kommentar. Als ich fertig bin, bringe ich Shila wieder auf die Weide und sie galoppiert zu ihren Artgenossen. Diesen Anblick liebe ich. Eigentlich möchte ich noch etwas hier stehen und den Pferden beim Grasen zusehen, doch ich bemerke Philips Ungeduld und lasse es bleiben. Wir fahren zurück nach Hause und reden im Auto fast kein Wort miteinander. „Wollen wir morgen früh zu deinen Eltern fahren?", durchbricht Philip die Stille. „Ja klar, wenn du magst", antworte ich und damit ist unsere Konversation auch schon wieder zu Ende. Ziemlich zermürbend diese Stimmung.

Julia ruft mich an, als wir wieder zu Hause auf dem Sofa sitzen. Sie fragt mich, ob wir zu ihr und Ben zum Nachtessen kommen wollen. Ohne Philip zu fragen, stimme ich begeistert zu und wir verabreden eine Zeit. Mit hochgezogenen Augenbrauen blickt er mich fragend an. Kurz erkläre ich ihm, was ich mit Julia ausgemacht habe und er nickt. Weil ich Shila geputzt habe, möchte ich vorher noch duschen, erkläre ich ihm. Damit verschwinde ich aus dem Wohnzimmer und gehe ins Bad. Während ich dusche, höre ich auf einmal Philip ins Bad kommen. Er zieht den Duschvorhang langsam zur Seite und steigt vorsichtig zu mir hinein. Es kommen Erinnerungen in mir hoch, wie er mir die Haare waschen musste, weil ich das nicht selbst konnte, und mir wird übel. Schnell versuche ich, den Gedanken zu verdrängen. Er schließt mich in seine Arme, küsst meinen Hals und ich lasse mich einfach fallen.

Wieder angezogen machen wir uns auf den Weg. Philip und ich benehmen uns wie ein frisch verliebtes Paar. Händchenhaltend gehen wir zur Haustür und klingeln. Ben öffnet die Tür und sieht uns schmunzelnd an. Man sieht es uns wohl an. Verschwörerisch sehe ich Philip in die Augen und wir treten ein. So schön war unsere Stimmung lange nicht. Julia kocht einmalig und wir genießen das Essen in vollen Zügen. Überhaupt ist der Abend einfach fantastisch. Auf einmal fängt Julia an, herumzustammeln und erzählt uns dann, dass Ben und sie heiraten werden. Wir gratulieren ihnen von Herzen, und ich umarme beide innig. Das Gestammel hat einen Grund, denn Julia hat sich in den Kopf gesetzt, dass ich ein Lied in der Kirche singen werde. „Ich bin doch keine Hochzeitssängerin", entgegne ich etwas überfahren. Schon mein Leben lang singe ich gerne, vor allem wenn ich allein bin. Doch Julia lässt nicht locker und überzeugt mich schließlich „Ja" zu sagen. Etwas peinlich ist es mir schon, und ich frage sie nach dem Lied. Das hat sie noch nicht entschieden, und wir wollen das ein anderes Mal besprechen. Wir sitzen noch eine ganze Weile zusammen, reden und lachen und es ist einfach schön. Immer wieder einmal kommen Anekdoten aus den vergangenen Wochen an die Oberfläche. Meistens sind sie witzig gemeint, und ich kann ganz gut damit umgehen. Einiges, was sie so erzählen, kommt mir nicht einmal annähernd bekannt vor, und mir wird wieder bewusst, was ich tatsächlich alles verpasst habe. Irgendwann bin ich total erledigt und kann dem Gespräch kaum noch folgen. Philip klopft mir auf den Oberschenkel und beschließt, mich nach Hause zu bringen. Lucky muss noch raus, und ich bin heilfroh, dass Philip das erledigt. Ich bin total übermüdet und falle, kaum, dass ich mich hingelegt habe, in einen tiefen Schlaf.

Mit meinen Eltern haben wir uns um elf verabredet, deshalb möchte ich mit Lucky davor noch eine große Runde drehen. Sie mögen ihn, aber wir können ihn nicht so gut mitnehmen, wenn wir sie besuchen. Meine Mutter mag es gern sauber und ordentlich. Ein Hund bringt zu viel Schmutz ins Haus. Um dieses Thema gar nicht erst anzufachen, lassen wir ihn lieber zu Hause, wo er sich wohlfühlt. Philip schläft noch, und ich schnappe mir leise die Leine. Lucky freut sich sehr. Es ist schon langsam wieder kühl am Morgen, und ich spüre die Kälte in meine Glieder kriechen. Mein Bein lässt sich schwerer kontrollieren als sonst. Das nervt. Wie wird das noch, wenn es erst Winter ist? Kann ich dann gar nicht mehr gehen? Ich schaudere. Trotz meiner Probleme mache ich eine größere Runde als gewohnt. Total erledigt komme ich wieder zu Hause an. Da mein Physiotherapeut mir erklärt hat, dass Dehnen sehr wichtig ist, mache ich einige Übungen im Garten. Plötzlich bemerke ich, dass Philip mich beobachtet. Er grinst mich an und fragt, was ich da tue. „Na ja, der Physiotherapeut meinte, dass ich mit Dehnübungen noch einiges an meinem Zustand verbessern könnte. Auch mein Brustkorb ist noch total verspannt, weil ich so lange falsch geatmet habe", erkläre ich ihm. Da wird es mir mit einem Schlag bewusst. Die Logopädin meinte, dass ich nie wieder singen könne. Wie vom Blitz getroffen, stehe ich da. Philip nimmt besorgt meine Hand und will wissen, was auf einmal los ist. Aufgeregt erzähle ich ihm von meiner Logopädin und dass ich doch auf der Hochzeit singen soll. Das ist so demütigend. Doch Philip winkt locker ab. „Lass dir von der nichts einreden, du hast schon so viel geschafft. Die wissen doch gar nicht, wozu du imstande bist. Dann machst du eben weiter deine Dehnungen und die Atemübungen. Das machst du ja sowieso jeden Tag", erklärt er mir mit einem total süßen Stolz in der Stimme. Geschmeichelt nehme ich seine Meinung zur Kenntnis, doch ich bin immer noch etwas unsicher und werde das mit der Therapeutin noch einmal besprechen. An meiner Hand zieht mich Philip ins Wohnzimmer und wir frühstücken zusammen. Natürlich hat er schon wieder alles vorbereitet, als ich weg war, anstatt im Bett zu bleiben. Wie immer durchzieht mich eine Mischung aus schlechtem Gewissen und Dankbarkeit. Nach dem Essen räume ich schnell den Tisch auf, nicht, dass er mir wieder zuvorkommt. Wir steigen in den Wagen und fahren los zu meinen Eltern. Während der Fahrt döse ich vor mich hin. Der Spaziergang war schon sehr anstrengend. Innerlich verdrehe ich die Augen. Wie kann man nur so schnell ermüden?

Vor dem Haus angekommen, wartet schon mein Vater an der Tür. Herzlich begrüße ich ihn mit einer Umarmung und da kommt auch schon meine Mutter um die Ecke. Sie läuft immer noch etwas staksig, aber es ist alles gut verheilt. Darüber bin ich sehr froh. Ich umarme auch sie innig. Es hat mir so gefehlt, als ich nicht sprechen und mich kaum bewegen konnte, meinen Mitmenschen meine Zuneigung auszudrücken, deshalb mache ich das jetzt umso intensiver. Zuvor war ich nie so die kuschelige, das hat sich definitiv geändert. Wir setzen uns an den Tisch und mein Vater bringt Kaffee. Darauf habe ich mich schon total gefreut. Ihre Kaffeemaschine macht so leckeren Kaffee. Schnell sind die Männer in ein Gespräch über die Arbeit vertieft, und ich plaudere mit meiner Mutter. Sie fragt mich nach meinem Befinden und wie alles so läuft. Ich erwähne die Streiterei mit Philip über das Reiten, und sie setzt einen grimmigen Blick auf. Sie sagt kaum ein Wort zu dem Thema, aber ich weiß, wie sie darüber denkt. Das Gespräch wird etwas schleppend, und ich wünsche mir, ich hätte das Thema nicht angesprochen. Mein Vater bemerkt meine Misere und mischt sich in unser Gespräch ein. „Julia und Ben werden heiraten?", fragt er mich, um meine Mutter abzulenken. Diese quietscht hocherfreut über die Nachricht und will alles wissen. Trotz meines warnenden Blicks erzählt ihr Philip von Julias Idee, mich in der Kirche singen zu lassen. Verlegen schaue ich zu Boden. Natürlich lässt er den Teil mit meiner Logopädin weg. Es verunsichert mich extrem, was sie gesagt hat. Sie meinte, wenn ich falsch atme und dann singe, könnte ich Knötchen auf den Stimmbändern riskieren. Das habe ich natürlich niemandem gesagt und habe es auch nicht vor. Aber Krebs? Mein Magen zieht sich zusammen. Etwas verärgert versuche ich, das Thema wieder zu wechseln, und wir kommen auf die nächsten Ferien meiner Eltern zu sprechen. Zum Glück ein unverfängliches Thema. Nach langem Geplapper sehe ich auf die Uhr. „Sollen wir langsam gehen? Ich würde gern noch zu Shila", sage ich an Philip gewandt. Total entgeistert sieht mich meine Mutter an. „Du willst noch zu dem Pferd?", fragt sie wütend. Ihr Gesicht hat sich binnen Sekunden rot gefärbt. „Ähm, ja. Das mache ich fast jeden Tag, wenn mich jemand fährt", antworte ich kleinlaut und sehe den bösen Blick, den sie Philip zuwirft. Das macht mich so wütend, dass ich ihr einen Vortrag darüber halte, wer mir was vorschreiben kann und was nicht. Dass Philip keine Chance hat, mich von Shila fernzuhalten, und er auch weiß, dass er das nicht sollte, auch wenn es ihm lieber wäre. Er weiß, wie wichtig sie für mich ist, und respektiert das auch. Wie kann sie ihn nur dafür verantwortlich machen? So stinksauer, wie ich bin, stehe ich auf und gehe zur Haustür. In den Augen meines Vaters und meines Mannes sehe ich die totale Hilflosigkeit. Sie wissen nicht, was sie sagen oder tun sollen. „Komm, wir gehen", befehle ich, und Philip steht ebenfalls auf. Meine Mutter bleibt stur sitzen. Entschuldigend drücke ich meinen Vater kurz an mich und gehe hinaus. Philip folgt mir zögerlich, und wir steigen ins Auto. Während er fährt, versucht er mich zu beruhigen. „Du kannst es deiner Mutter nicht übel nehmen, dass sie Angst hat, wenn du zu Shila gehst", sagt er mit ruhiger Stimme. Total genervt erkläre ich ihm, dass es hier nicht um mich geht. Dass es total daneben ist von ihr, ihn dafür verantwortlich zu machen, was ich tue oder eben nicht. „Du brauchst mich nicht zu verteidigen. Ich halte das schon aus", meint er. „Aber ich halte das nicht aus", entgegne ich. Er hat schon mit seiner eigenen Familie genug Probleme, jetzt kommt auch noch

meine auf ihn los. Seit Jahren haben er und auch Olaf kaum
Kontakt zu den Eltern. Sein Vater mochte mich von Anfang an
nicht und deshalb haben sich die drei zerstritten. Zu meinem
Glück konnte er auch Cornelia nicht leiden und hat das an Olafs
Hochzeit ziemlich deutlich gemacht. Natürlich war auch mein
Unfall und die daraus resultierende Arbeit, die Philip geleistet
hat, ein Streitthema. Er musste ständig alles verteidigen, was
er mir zuliebe gemacht hat. Philips Vater wäre wohl lieber gewesen, es gäbe mich nicht mehr. Und seine Mutter hat keine Chance auf eine eigene Meinung. Das tut mir alles so unendlich leid.
Jetzt muss er sich auch noch gegen meine Eltern wehren und
alles verteidigen, was ich tue. Total daneben dieses Verhalten.
Anstatt sich von mir verteidigen zu lassen, wird er dann auch
noch auf mich wütend. Das ist einfach alles zu viel. Schweigend
sitzen wir im Wagen. Statt nach Hause, fährt Philip zum Pferdestall, und ich bin ziemlich erstaunt. Beim Aussteigen fragt
er mich: „Willst du Shila longieren?" Total perplex sehe ich ihn
an. Kein Wort kommt über meine Lippen. „Wir können es auch
lassen, wenn du nicht magst", sagt er dann beleidigt. Schnell
antworte ich: „Nein, nein. Alles super. Das freut mich. Ich bin
nur überrascht." Er senkt den Kopf und meint: „Ich kann dir ja
nicht alles verbieten. Aber helfen kann ich dir nicht. Du weißt,
ich habe eine Höllenangst." Beschwichtigend hebt er die Hände.
Ich nicke und entscheide dann, nicht zu longieren, sondern ein
paar Tricks zu üben. Philip soll ja nicht mitbekommen, wie viel
Mühe mir das noch bereitet. Als ich den Stall betrete, schwebe
ich auf Wolke sieben. So ein Hochgefühl hatte ich lange nicht.
Schön, dass wenigstens mein Mann auf meiner Seite ist, auch
wenn er sich damit unbeliebt macht. Am Halfter führe ich Shila zum Reitplatz, und Philip bleibt in sicherer Entfernung stehen. Leider bemerkt er sofort meinen staksigen Gang auf dem
Sand und sieht mir mit kritischem Blick zu, was ich mache. Um
es nicht zu übertreiben, mache ich nur einige Tricks und bringe Shila dann zurück in den Stall. Wir setzen uns ins Auto und
fahren nach Hause. Dort lege ich mich erst einmal aufs Sofa.
Das war vielleicht ein anstrengender Tag. Später holt Philip

zwei Pizzen zum Abendessen. Auch er ist ziemlich fertig von heute. Wir sehen noch eine Weile gemeinsam fern. An eine anständige Unterhaltung ist heute sowieso nicht mehr zu denken. Vor dem zu Bett gehen, plane ich wie gewohnt den morgigen Ablauf. Nach dem Aufstehen möchte ich endlich joggen gehen, deshalb habe ich meine Sportkleidung unter scharfen Blicken von Philip bereitgelegt. Er schafft es zum Glück, seinen Mund zu halten. Heute habe ich keine Kraft und Nerven mehr, mich zu verteidigen und zu streiten. Kommentarlos gehe ich zu Bett und ziehe mir die Decke über den Kopf.

Früh wache ich auf und ziehe mir meine Sportkleidung über. Für Lucky habe ich ein spezielles Geschirr und einen Bauchgurt mit einer Gummileine. Trotz der langen Zeit, in der ich das alles nicht benutzt habe, ziehe ich Lucky geübt das Geschirr über und gehe nach draußen. Gestern Abend habe ich mir noch genau überlegt, wie weit ich joggen möchte. Zuerst gehe ich ein paar Minuten in normalem Tempo, um mich aufzuwärmen. Dann jogge ich los und sehe Luckys riesige Begeisterung. Das ist ein wahnsinnig schönes Gefühl. Tatsächlich geht es sogar noch besser als erhofft. Natürlich muss ich trotzdem ganz genau meinen Bewegungsablauf planen. Ich will ja kein Risiko eingehen. Ganz konzentriert gehe ich immer wieder jeden Körperteil durch. Schön die Füße heben, damit ich nicht hinfalle. Es freut mich, dass ich wirklich die geplante Route schaffe, und ich gehe die letzten paar Meter im Schritttempo nach Hause. Dort angekommen, dehne ich mich komplett durch. Die ganz normalen Dehnungen fürs Joggen und auch noch die, die ich in der Therapie gelernt habe. Einige Gleichgewichtsübungen hänge ich auch gerade noch dran und bin dann ziemlich zufrieden mit mir. Mit einem Hochgefühl im Bauch gehe ich ins Haus und hole mir einen Kaffee. Philip ist wohl unter der Dusche, den Geräuschen nach zu urteilen. Gefolgt von Lucky, setze ich mich wieder in den Garten. Vom Schwitzen vorhin ist meine Kleidung etwas feucht, und ich beginne zu frieren. Sofort merke ich, wie die Kälte wieder meine Gelenke schwer macht. Ich sollte wohl von jetzt an besser darauf achten, was ich trage. Genau in dem

Moment kommt Philip durch die Tür, und ich bleibe einfach regungslos sitzen. Auf keinen Fall soll er sehen, wie schlecht ich mich bewege. Er verabschiedet sich kurz und knapp von mir, und ich atme durch. Zum Glück hat er nichts bemerkt. Vorsichtig erhebe ich mich und gehe gegen die Wand gestützt ins Haus. Die Sportkleider ziehe ich aus und gehe unter die Dusche. Beim Einseifen trete ich nur mit der rechten Fußspitze auf den Boden und mein ganzes Bein zuckt. Was war denn das? Ich versuche es noch einmal mit dem gleichen Ergebnis. Das ganze Bein zuckt auf und ab. Als bräuchte ich noch ein Problem mehr, denke ich und verdrehe die Augen.

Mit einem Badetuch um den Körper verlasse ich das Bad und ziehe mich im Schlafzimmer an. Heute versuche ich es wieder einmal im Stehen, aber es klappt immer noch nicht. Das nervt mich. In der Küche vernehme ich Olafs Stimme. Er riecht, dass ich geduscht habe, und traut sich wohl deshalb nicht weiter in die Wohnung. Irgendwie witzig, denke ich. „Ich komme gleich", rufe ich ihm entgegen und beeile mich. Heute muss er mich wieder einmal zur Therapie fahren, toll. Ergotherapie, Physio und Logopädie stehen heute auf dem Programm. Er darf also richtig viel Zeit für mich verschwenden. Das ärgert mich und mein Magen zieht sich zusammen. Wie immer gut gelaunt steht Olaf mit einer Tasse Kaffee in meiner Küche. Er hat sich selbst bedient. Das finde ich ein wenig seltsam, aber schließlich spielt er ja heute meinen Chauffeur, also sage ich nichts. Wir setzen uns in seinen Wagen und er fährt los. Auf dem Weg zur Klinik reden wir nicht viel, und wir verabschieden uns auch ziemlich wortkarg. Nachdem ich mich angemeldet und ins Wartezimmer gesetzt habe, kommt auch schon meine Logopädin und holt mich ab. Etwas peinlich berührt erzähle ich ihr von Julias Wunsch, auf ihrer Hochzeit zu singen. Sie sieht mich verständnislos an und rät mir konsequent davon ab. Ihrer Meinung nach ist noch kaum eine Verbesserung meines Zwerchfells, meiner Stimmbänder und meines Gaumensegels erkennbar. Auch wenn ich schon ziemlich ähnlich wie früher klinge, ist sie von der Idee gar nicht begeistert. Durch zu viel Belastung könnte ich noch einiges verschlimmern, erklärt sie mir. Schnell gebe ich klein bei, bin aber nicht wirklich ehrlich mit ihr. Wenn ich mir etwas vorgenommen habe, ziehe ich es auch durch. Das werde ich schon schaffen. Anschließend habe ich noch zwei weitere Therapiesitzungen. Mein Physiotherapeut fragt nach dem Joggen, und ich bin erstaunt, dass er sich daran erinnert. Kurz erzähle ich ihm davon und bin sehr stolz darauf. Auch er ist stolz auf mich und lächelt mir zu. Dann frage ich ihn nach dem komischen Zucken in meinem Bein, und er hat für mich eine plausible Erklärung. Meine rechte Seite leidet unter etwas, das sich Hyperreflexion nennt. Das heißt, die Reflexe reagieren viel zu stark. Er zeigt mir das mittels des kleinen Hammers, den Ärzte benutzen, um die Reflexe an Knie und Ellbogen zu testen. Mit meinem Bein schlage ich wild um mich, als er mein Knie touchiert. Auch mein Arm ist ziemlich zappelig, als er den Reflex testet, und ich muss beschämt kichern. Wie peinlich. Nach meinen absolvierten Therapien gehe ich wieder zurück ins Wartezimmer, wo bereits Olaf auf mich wartet. Er packt mich übermütig unter dem Arm, und wir gehen lachend nach draußen. Wo dieser Sinneswandel herkommt, weiß ich auch nicht. Wir setzen uns in sein Auto und er parkt aus.

Auf der Fahrt bin ich total in Gedanken versunken. Nicht singen dürfen, Hyperreflexion, schwaches Zwerchfell, fehlendes Gleichgewicht. Grübelnd starre ich vor mich hin und nehme meine Umgebung nur vage wahr. Es fühlt sich wirklich beschissen an, so viele Fehler zu haben. Plötzlich fragt mich Olaf etwas und ich fahre zusammen. Vor lauter Schreck hätte ich ihn beinahe angesprungen, wäre ich nicht angegurtet gewesen. „Bitte was?", frage ich total verdutzt und er lächelt verschmitzt. „Ich wollte dich nicht erschrecken. Entschuldige. Was ist denn los mit dir?", fragt er mich sanft und zieht eine Augenbraue in die Höhe. Ich erkläre ihm, was mir der Physiotherapeut über meinen zuckenden Fuß gesagt hat, und sehe beschämt auf meine Knie. Mit einem schiefen Grinsen winkt Olaf ab und findet, dass das doch gar nicht so schlimm sei. Natürlich ist es schlimm. Auch wenn ich weiß, dass es Menschen gibt, denen es viel schlechter geht und dass es mir viel schlechter gehen könnte, ist es trotzdem total mühsam. Es ist nicht schön, wenn der eigene Körper nicht das macht, was er soll, und nicht mehr das kann, was er einmal konnte. Jeder ältere Mensch, der fremde Hilfe benötigt, hat mein volles Verständnis für seine schlechte Laune. Schließlich habe ich das Altsein bereits im Rückwärtsgang hinter mir. Zuerst bettlägerig, dann Rollstuhl, dann Rollator. Das ist alles so demütigend. Das zu ertragen, ist wirklich nicht leicht. Zum Glück erinnere ich mich nur schwach an all diese Dinge. Aber eine Stimme, die nicht so wie gewohnt klingt, ein Mund, der die falschen Worte ausspricht, Füße, die zwar teils gelähmt sind und dann wieder Reflexe haben, die über die Grenzen gehen. Ein Kopf, der vom Nichtstun müde ist, und Beine, die einen nicht immer halten, wie sie es früher getan haben. Tief in mich gekehrt sitze ich da.

Mein Gesicht muss gequält aussehen, denn Olaf versucht, mich mit seinen Sprüchen aufzuheitern. Leider gelingt ihm das nur schlecht und er sieht niedergeschlagen aus. Oje, das wollte ich doch nicht. Er soll sich doch nicht schlecht fühlen, immerhin ist er gerade so nett, mein Chauffeur zu spielen. Ich versuche, ihm zuliebe ein freundlicheres Gesicht aufzusetzen, und wechsle das Thema. Über meine Selbstzweifel kann ich auch allein sinnieren, wenn ich zu Hause bin. Er war doch vorhin so gut gelaunt und ich habe ihm das vermiest. Na toll, seine Zeit darf er für mich verplempern und seine gute Laune gleich auch. Dafür könnte ich mir in den Allerwertesten treten. „Wieso warst du vorhin eigentlich so ausgelassen?", frage ich ihn deshalb schnell. Sofort kehrt sein Lächeln zurück, und er erzählt mir von seinem Telefonat mit Cornelia. Sie hat einen Welpen aus dem Tierheim geholt und jetzt sind die beiden total aus dem Häuschen deswegen. Beim Gedanken an Lucky als Welpen muss ich auch lächeln und eine warme Woge der Liebe fährt durch meinen Körper. So schöne Erinnerungen. Damals war die Welt noch in Ordnung für mich. Schnell versuche ich, mich nicht schon wieder hinunterzuziehen und frage Olaf nach Details. Es ist wohl ein Pudelwelpe namens Rudi. Ich muss bei der Erwähnung des Namens kichern und ernte dafür einen strafenden Blick. Doch der Versuch, meine Mundwinkel unten zu halten, scheitert kläglich. Um ihn zu besänftigen, frage ich nach, ob Philip und ich am Abend vorbeikommen dürften, um ihn kennenzulernen. Hell begeistert stimmt er zu und ich bin zufrieden mit meiner Leistung.

Da wir schon wieder sehr spät dran sind, holen wir uns drei Pizzen und fahren damit zu mir nach Hause. Philip ist bereits da und hat schon den Tisch für uns drei gedeckt und Getränke geholt. Mit Lucky sei er auch schon draußen gewesen, aber er fände es zu heiß, um draußen zu Mittag zu essen, meint er. Für mein Empfinden ist es eigentlich nie zu heiß, um draußen zu sein. Aber ich habe gelernt, mich anzupassen, wenn es um dieses Thema geht. Seine Prinzipien in dieser Hinsicht sind sehr komplex, und ich gebe mir Mühe, nicht über Belanglosigkeiten zu diskutieren. Wir setzen uns gemeinsam hin und verschlingen unser Essen. Danach setze ich mich mit meinem Kaffee an die Sonne. Die Jungs bleiben stur im Schatten. Als wäre die Sonne giftig, denke ich. Trotzdem genieße ich die warmen Strahlen auf meinem Gesicht und schlürfe aus meiner Tasse. Ich schließe meine Augen, und schon sind da wieder die düsteren Gedanken, die ich so vehement zu verdrängen versucht habe. Gerade einmal ein Mittagessen lang ist mir das gelungen. Darüber ärgere ich mich, und habe damit noch etwas gefunden, was ich nicht kann. Einfach einmal loslassen und nicht immer darüber grübeln, was alles nicht mit mir stimmt. Jetzt werde ich langsam richtig zornig auf mich selbst. Dabei hatte ich mir doch vorgenommen, dankbar dafür zu sein, was ich alles schon erreicht habe. Stattdessen hänge ich wieder meinen Fehlern hinterher. Philips Stimme reißt mich aus meinen Gedanken. Er muss wieder zur Arbeit und Olaf verabschiedet sich gleich mit. „Wir sehen uns später", meint er voller Vorfreude, uns seinen neuen Kumpel vorzustellen. Darauf freue ich mich auch. Lächelnd winke ich ihnen hinterher. Bevor ich mich auch erhebe, atme ich einmal ganz tief durch. Weil ich weiß, dass ich das muss, lege ich mich aufs Sofa und versuche, mich etwas zu entspannen. Es will nicht so richtig klappen, also beginne ich mit den Atemübungen, die ich gelernt habe. Wenn man sich ganz auf seine Atmung konzentriert, ist es viel einfacher, abzuschalten. Einfach einmal über nichts nachdenken, nur auf den eigenen Körper hören. Mein Ziel ist es ja ohnehin, auf Julias Hochzeit zu singen, also gebe ich mir besonders Mühe.

Die Übungen scheinen funktioniert zu haben, denn mich weckt eine Hundeschnauze im Gesicht auf. Tatsächlich bin ich eingeschlafen, denke ich fast stolz auf diese Leistung. Lucky wedelt wild vor meiner Nase herum und findet wohl, ich sollte einmal aufstehen. Langsam erhebe ich mich. Erfahrungsgemäß weiß ich ja mittlerweile, dass ich gleich nach dem Aufwachen noch ziemlich wackelig auf den Beinen bin. Allein dieses Wissen ärgert mich schon wieder. Konzentriert ziehe ich mich um und greife nach der Leine. Lucky freut sich wie verrückt darüber und wir verlassen zusammen das Haus. Da ich heute ja bereits mit ihm joggen war, nehme ich mir vor, nur eine kleine Runde zu machen. Denn ich merke es definitiv schon in den Beinen, dass ich für mehr einfach zu wenig Kraft hätte. Ich sehe meinem Hund die Frustration darüber an. Er würde definitiv weiterlaufen wollen, und das tut mir richtig leid. Zurück in meinem Garten setze ich mich auf den Stuhl und werfe ihm seinen Ball. Darüber freut er sich sehr und mein schlechtes Gewissen wird etwas gemildert. Nach einer Weile höre ich Philips Auto auf dem Parkplatz und stehe auf. Als er mich sieht, steuert er erfreut auf den Garten zu. Er tritt herein und küsst mich liebevoll und drückt mich ganz fest. Es fühlt sich sehr gut an, und ich möchte ihn gar nicht mehr loslassen. Etwas verwundert sieht er mich an und ich drücke ihm noch einen Kuss auf den Mund. Er muss sich zuerst etwas frisch machen und umziehen, dann kochen wir gemeinsam das Nachtessen. Wir sind mittlerweile wieder ein richtig eingespieltes Team und bis auf seine prüfenden Seitenblicke, wenn ich mit etwas Scharfem hantiere, ist es herrlich friedlich. Ich bemühe mich, das zu ignorieren, um die schöne Stimmung nicht zu zerstören. Lass es einfach an dir abprallen, ermahne ich mich stumm.

Nach dem Essen setzen wir uns ins Auto und fahren zu Olaf und Cornelia. Früher wären wir gelaufen, aber ohne darauf hinzuweisen, ist klar, dass es zu dieser Stunde einfach zu viel für mich wäre. Dankbar darüber, das nicht extra erwähnen zu müssen, lege ich meine Hand auf Philips Oberschenkel. Obwohl es mich auch ärgert. Nicht nur ich kenne meine Makel, sondern auch mein Umfeld. Vor dem Haus angekommen parkt er das Auto und wir steigen aus. Hand in Hand gehen wir zur Haustür. Olaf steht bereits hocherfreut da und bittet uns herein. Der Welpe soll ja nicht bellen, wenn wir klingeln, erklärt er uns. Was für eine seltsame Herangehensweise, denke ich. Aber ich halte den Mund. Es ist ja nicht mein Problem. Wie alle Hundebabys ist der kleine Rudi total aufgedreht, als wir hereinkommen, und pinkelt gleich alles voll. Schmunzelnd sehe ich Cornelia beim Putzen zu und erinnere mich an Luckys erstes Jahr. Da Hunde ihre Blase noch nicht vollständig kontrollieren können, wenn sie jung sind, darf man deswegen nicht böse sein. Sie freuen sich halt und doch ist es ziemlich nervig. Ich werfe Cornelia einen verständnisvollen Blick zu und begrüße dann Rudi, der nun hoffentlich eine leere Blase hat. Er ist wie alle Welpen einfach total putzig und zum Knutschen. Sein Name scheint irgendwie zu ihm zu passen. Nach der ausgiebigen Hundebegrüßung setzen wir uns an den Tisch und Olaf bringt eine Flasche Weißwein. Wir wollen ja auf das neue Familienmitglied anstoßen. Der süße Rudi legt sich irgendwann auf meine Füße und ich schmelze dahin. Ausgerechnet meine Füße hat er sich ausgesucht, denke ich gerührt. Wahrscheinlich spürt er, wie wichtig Tiere in meinem Leben sind. In mir wächst der Wunsch, nach einem jungen Hund. Lucky wird wohl nicht mehr ewig unter uns sein. Tränen schießen mir heiß in die Augen und ich verfluche ein weiteres Mal meine Tränendrüsen. Trotz des Versuchs, das Ganze zu unterdrücken, bemerkt Cornelia meinen verkniffenen Gesichtsausdruck und fragt mich, was denn los ist. „Der süße Kleine liegt auf meinen Füßen", antworte ich ihr ausweichend und sehe zu Rudi hinunter. Alle drei werfen einen Blick auf das niedliche Häufchen auf meinen Füßen und nicken verständnisvoll. Anscheinend war meine Ausrede gut, denke ich zufrieden. Philip würde ausflippen, wenn ich jetzt auch noch mit dem Thema „neuer Hund" anfangen würde. Momentan sind alle Themen mit Tieren eher zurückhaltend zu genießen. Er fühlt sich sowieso schon total überfordert mit der aktuellen Situation, und das verstehe ich natürlich auch.

Cornelia fragt Olaf und mich nach unserem Tag, und ich sehe ihn flehend an. Hoffentlich sagt er den anderen nichts über meine Laune nach der Therapie. Zum Glück scheint er meinen Blick verstanden zu haben und erzählt von seinem Einkauf und Leuten, die er dabei getroffen hat. Er könnte gut als Stand-up-Comedian durchgehen. Gemütlich sitzen wir noch eine ganze Weile so beisammen und plappern vergnügt. Rudi steht auf und bewegt sich in Richtung Treppe, doch bevor ich reagieren und Cornelia darauf hinweisen kann, macht er sein großes Geschäft genau auf den Teppich. Meine Schadenfreude lässt sich kaum zurückhalten und ich pruste los. Dank des üblen Gestanks dieses kleinen Unfalls fängt Philip zu würgen an und flieht aus dem Zimmer. Ich kann mich vor Lachen kaum noch aufrecht halten. Wie von einer Tarantel gestochen flitzt Cornelia hin und her, um das Missgeschick zu beseitigen. Olaf sieht ihr nur völlig hilflos zu. Diese Situation ist so lustig zu beobachten, dass mein Lachen fast schon ein Japsen ist, und ich ernte dafür einen strengen Blick von Olaf. Dieser bringt aber nur noch mehr quietschende Laute aus meiner Kehle zum Vorschein. Es gelingt mir kaum, mich wieder zu beruhigen. Philip wirft vorsichtig einen Blick ins Zimmer, nur um mit angeekeltem Gesichtsausdruck gleich wieder zu verschwinden. Um mich für mein schadenfreudiges Benehmen zu entschuldigen, stehe ich auf und öffne alle Fenster. Rudi klemme ich unter den Arm und verlasse durch die Sitzplatztüre die Wohnung und setze ihn in den Garten. Immer wieder werde ich von Lachern geschüttelt. Bis ich mit dem kleinen Fellknäuel das Haus wieder betrete, sind alle auf ihre Plätze zurückgekehrt. Cornelia wirft mir einen strafenden Blick zu und ich kann mir ein Kichern nicht verkneifen. Die Stimmung ist wieder genauso locker und gemütlich wie zuvor. Eigentlich möchten wir noch bleiben, aber es ist jetzt schon ziemlich spät und die Vernunft siegt. Wir verabschieden uns und gehen Arm in Arm zurück zu unserem Wagen. Auf dem nach Hause Weg reden wir noch vergnügt über die vergangenen Stunden und ich verspüre den tiefen Drang, ihm von meiner heutigen Idee zu erzählen. Doch ich lasse das lieber sein. Es ist zwar wirklich anstrengend für mich, das zu unterdrücken, und ich muss mir fast auf die Zunge beißen. Ich weiß noch, welche Euphorie ich hatte, als Lucky bei uns einzog. Auf dieses Gefühl verzichten zu müssen, ist wirklich schwer. Plötzlich bemerke ich, dass Philip mich stirnrunzelnd ansieht. Oh nein, er hat etwas bemerkt. „Was ist denn los?", fragt er mich ganz direkt und ich suche angestrengt nach einer Ausrede. „Ich war heute nicht bei Shila", bekomme ich schließlich heraus und bin fast dankbar dafür, dass ich so eine gute Ausrede habe. Auch wenn es mich wirklich sehr belastet, nicht einfach das machen zu können, wozu ich Lust habe. Deshalb ist es wohl auch so plausibel und Philip hinterfragt es nicht. Er nickt und sieht etwas gekränkt aus. Den Rest des Heimwegs reden wir kein Wort mehr miteinander und das schmerzt. Innerlich brenne ich und möchte ihm das gerne mitteilen, doch ich habe keine Kraft für eine weitere Diskussion dieser Art. Zu Hause gehe ich schnurstracks mit Lucky in den Garten. Draußen angekommen hole ich ganz tief Luft und schließe die Augen. Mir ist zum Heulen zumute. Meine Augen kneife ich ganz fest zu, um die Tränen zurückzuhalten. Ich höre Schritte hinter mir und spüre dann zwei Hände, die mich von hinten fest und warm umarmen. Noch einmal atme ich ganz tief durch, doch jetzt kann ich die Schluchzer nicht mehr zurückhalten. Mit Philips Atem an meinem Hals bleibe ich regungslos stehen und spüre die tiefe Verbundenheit. „Es tut mir leid", flüstert er in mein Ohr. „Was denn genau?", frage ich ihn und drehe mich dabei langsam zu ihm um. Tief in seine Augen schauend warte ich gespannt auf seine Antwort. Nach einer schieren Ewigkeit sagt er: „Es tut mir leid, dass ich auf das Thema „Shila" immer so gereizt reagiere. Aber ich habe einfach Angst. Angst um dich und Angst, was das mit mir anstellt. Ich habe dich schon einmal sterben sehen und das verkrafte ich kein zweites Mal. Natürlich weiß ich, dass du wieder reiten willst, und auch, dass du das wieder tun wirst. Du hast schon so viel erreicht und du wirst auch das erreichen. Aber allein der Gedanke bringt mich zur Verzweiflung." Stumm sehe ich in sein Gesicht. Was soll ich denn darauf antworten? Er tut mir so unendlich leid und trotzdem will ich nicht auf Shila verzichten. Niemals. „Ich möchte einen jungen Hund", platze ich heraus, um die Stimmung aus diesem Tief zu ziehen, und ich habe Erfolg damit. Mit großen Augen starrt mich Philip etwas erschrocken an. Diese Neuigkeit muss er wohl zuerst verdauen. „Glaubst du denn, du schaffst das schon? Ich kann dir keine Hilfe garantieren. Dafür fehlt mir schlicht die Zeit", antwortet er vorsichtig und schaut mich nachdenklich an. „Was, wenn dir wieder etwas passiert. Dann habe ich zwei Hunde, um die sich keiner kümmert. Das war mit Lucky schon schwierig", sprudelt es dann aus seinem Mund und ich sehe ihm fassungslos in die Augen. Die einzige Antwort auf alles ist immer nur dieser verdammte Unfall. Egal worum es geht, immer enden wir schlussendlich hier. Genervt verdrehe ich die Augen und stampfe wütend an ihm vorbei ins Haus. Er versucht noch, mit der Hand meinen Arm zu fassen und mich zurückzuhalten, doch das gelingt ihm nicht. Einen finsteren Blick auf dem Gesicht schaue ich kurz zu ihm zurück und verschwinde dann durch die Tür. Lucky folgt mir auf dem Fuße und darüber bin ich froh. Wenigstens einer ist auf meiner Seite. Wütend steuere ich ins Badezimmer, ziehe den Pyjama an und verkriech mich tief unter meiner Decke. Leise höre ich, wie Philip dasselbe tut und sich auf der anderen Seite des Betts niederlässt. Auf meiner Schulter spüre ich eine Hand, die er nach mir ausstreckt, und ich rutsche so nah an die Bettkante, dass er mich nicht mehr erreicht. Ich schäume vor Wut. „An welche Rasse hast du denn gedacht?", fragt er mich nach einiger Zeit und ich schnaube laut. Glaubt er wirklich, ich drehe dermaßen durch, nur wegen eines Hundes? Hat er wirklich noch nicht kapiert, worum es hier geht? Mein Magen droht zu explodieren, und ich kralle meine Finger ins Kissen. Unglaublich, wie schlecht er mich kennt, denke ich.

Dafür bekommt er von mir garantiert keine Antwort, schwöre ich mir. Meine Augen brennen und ich drücke das Gesicht gegen die Matratze. Ich spüre, wie er näher rutscht und wieder seine Hand auf meine Schulter legt. Das wird mir jetzt wirklich zu viel und ich setze mich blitzschnell auf. Philip streichelt mir beschwichtigend den Rücken und ich raste aus. Wie vom Blitz getroffen springe ich aus dem Bett, nur um dann unsanft auf den Boden zu knallen. Für dermaßen schnelle Bewegungen reicht leider meine Koordination noch lange nicht. Mein Knie schlägt auf dem Holzboden auf und ein Schmerz durchfährt mich. Schmerz und Demütigung bringen mich hemmungslos zum Schluchzen. Ich rapple mich auf und flüchte aus dem Schlafzimmer. So missverstanden und gedemütigt fühle ich mich zum Kotzen. Philip folgt mir dicht auf den Fersen. Er hat sich wahnsinnig erschrocken, als ich gestürzt bin, aber das lässt mich gerade total kalt. Meine geplante Flucht endet bereits im Flur, wo mich Philip an beiden Schultern packt und an sich drückt. Er kapiert einfach nicht, dass ich nur von ihm wegwill. Laute Schluchzer schütteln meinen Körper und ich gebe auf. Fest drückt er mich an seinen Körper. Das gefällt mir im Moment gar nicht, aber ich wehre mich nicht mehr. Es nützt ja doch nichts. Eine sehr lange Zeit stehe ich weinend da. „Du kapierst es wirklich nicht oder?", frage ich ihn, als ich wieder einigermaßen atmen kann. Etwas verwirrt sieht er mir in die Augen und fragt: „Was verstehe ich denn nicht?" Ich ringe um Fassung und versuche, es ihm in ruhigem Tonfall zu erklären. „Du lebst immer noch in der Vergangenheit. Ich weiß, dieser Unfall war schlimm für dich und hatte schreckliche Auswirkungen auf unser gesamtes Leben. Ich spüre sie täglich und bei allem, was ich tue. Dafür brauche ich nicht auch noch ständig eine Erinnerung. Trotzdem können wir doch nicht so pessimistisch in die Zukunft sehen. Es könnte jederzeit jedem von uns etwas Schlimmes passieren, aber darauf können wir doch nicht unser Leben aufbauen. Wir wollten doch immer in der Gegenwart leben. Jetzt gerade ist doch alles einigermaßen wieder gut und wir sollten nach vorne sehen. Alles, was ich tue oder will, wird immer mit dem Unfall beantwortet.

Egal worum es geht, wir landen immer wieder bei demselben Thema. Weißt du, wie anstrengend das ist? Ich würde gerne reiten, darf aber nicht, ich könnte ja verunfallen. Ich möchte eine Wanderung mit Lucky machen, darf aber nicht, denn so weit darf ich nicht allein von zu Hause weg. Ich bin unselbständig, darf nicht Auto fahren. Kann dies und darf das nicht. Einen neuen Hund darf ich nicht, ich könnte ja ausfallen und die Arbeit bleibt an dir hängen. Es tut mir ja alles wirklich sehr leid für dich, aber das Leben geht jetzt trotzdem weiter." Damit schließe ich meinen Monolog. Philip hat mich die ganze Zeit über nur stirnrunzelnd angesehen und ab und zu genickt. In der Hoffnung, alles gesagt zu haben, was zu sagen war, und dass ich auch verstanden wurde, gehe ich an ihm vorbei zurück ins Schlafzimmer. Total gerädert lege ich mich hin und ziehe die Decke beschützend über mein Gesicht. Lucky kommt sofort angelaufen und legt sich in meine Kniekehlen. Diese wohlige Wärme fühlt sich gerade sehr gut an. Nach langer Zeit höre ich Philip leise ins Zimmer schlurfen. Er legt sich ins Bett, legt eine Hand auf meinen Rücken und sagt: „Du hast so recht. Es tut mir leid." Zu wissen, dass er scheinbar verstanden hat, worum es mir geht, ist eine wahre Wohltat.

Morgens wache ich auf und ziehe meine Sportsachen an. Eine schöne Runde Joggen mit Lucky ist genau das Richtige nach gestern Abend. Luckys Freude ist wie immer riesig, wenn ich die Joggingleine heraushole. Meine Freude wird noch größer unterwegs, weil es wirklich immer besser geht. Hoch konzentriert auf meinen Bewegungsablauf und meinen Körper renne ich fröhlich dahin. An einer schönen Stelle am Bach lasse ich Lucky ein bisschen das feuchte Nass genießen und mache währenddessen einige meiner Dehnübungen. Um diese Zeit lässt sich das noch ungeniert in der Öffentlichkeit tun, denn es sind hier selten andere Menschen unterwegs. Nach einem kurzen Blick nach links und rechts trainiere ich auch noch kurz mein Zwerchfell und jogge dann weiter. Zu Hause angekommen bin ich zwar erledigt, aber sehr zufrieden mit mir. Mit einer Tasse Kaffee setze ich mich wie gewohnt in den Garten und warte dort auf eine Berührung an der Schulter. Diese kommt auch nach kurzer Zeit und ich bekomme einen Kuss auf den Haaransatz. „Bis später, Liebling", verabschiedet sich Philip von mir und geht zur Arbeit. Kurz genieße ich noch das wohlige Gefühl in meiner Brust, dann gehe ich ins Haus. Da ich schon verschwitzt bin, habe ich mir vorgenommen, noch einiges im Haushalt zu erledigen, bevor mich Julia für einen Stallbesuch abholt. Wohl wissend, dass ich es damit nicht übertreiben darf, wenn ich Shila nachher noch bewegen möchte, lege ich los. Nach kurzer Zeit höre ich bereits ein Auto auf unserem Parkplatz und lege meinen Lappen hin. Das Bad lässt sich auch später noch fertig putzen. Julia kommt herein und sieht mich erstaunt an, da ich immer noch meine Sportsachen trage. Ich entschuldige mich und eile ins Schlafzimmer, um mich umzuziehen. Während ich mich meiner verschwitzten Kleider entledige, höre ich im Flur Julia, die mit Lucky schmust. Das freut mich und ich grinse vor mich hin. Endlich bereit für einen Ausflug zu den Pferden, trete ich in den Flur und sehe meine Freundin auf dem Boden sitzend mit meinem Hund im Arm. Ein wunderschönes Gefühl durchflutet meinen ganzen Körper. „Gut, wir können gehen", sage ich mit so viel Schwung in der Stimme, dass sich beide erschrecken. Ein helles Lachen entweicht meiner Kehle und Julia verdreht bewusst übertrieben die Augen. Lachend setzen wir uns in ihr Auto und die Fahrt geht los. Wir reden vergnügt miteinander über dies und das. Nichts wirklich Wichtiges, aber es tut gut. Diese ausgelassene Stimmung genieße ich sehr. Im Stall angekommen gehe ich sofort zu Shila und nehme sie aus ihrer Box, um sie zu bürsten. Erstaunt bemerke ich, dass Julia dasselbe mit ihrem Pferd macht und ziehe die Augenbrauen hoch. Mit einem kurzen „Dich kann ich doch machen lassen, oder?" kommentiert sie meinen Blick und wendet sich wieder ihrem Pferd zu. Ein hellgrauer Schimmelwallach namens Joey. Mit stolzgeschwellter Brust bürste auch ich weiter. Nicht wie ein Kleinkind behandelt zu werden, tut richtig gut. Mein Selbstwertgefühl steigt von Minute zu Minute. Gemeinsam mit unseren Pferden gehen wir auf den Reitplatz, um sie zu longieren. Nach getaner Arbeit bin ich ziemlich außer Atem und doch bekomme ich den Rest der Stallarbeit auch noch selbst hin. Ob nun Julias Vertrauensvorschuss oder einfach die vergangene Genesungszeit dafür verantwortlich sind, ist eigentlich egal. Es ist schön, wieder einmal etwas ganz allein zu bewältigen. Das gibt mir einen richtigen Kick. Auf dem Weg nach Hause spricht mich Julia auf das Thema „Reiten" an und ich werde nachdenklich. Natürlich will ich sofort wieder aufs Pferd, aber die ständige Streiterei mit meiner Familie geht mir auf die Nerven. Julia ist neben Cornelia eigentlich die Einzige, die bei diesem Thema hinter mir steht. Ich gebe Julia das Versprechen, mit Philip noch einmal darüber zu reden. Was heißt darüber reden, ich informiere ihn über die neuesten Entwicklungen. Das heißt, ab morgen werde ich wenigstens auf dem Reitplatz wieder auf dem Pferd sitzen. Das ist nun fest ausgemacht, und ich bin schon ganz aufgeregt deswegen. Angst habe ich überhaupt keine, aber es ist doch ein seltsames Gefühl, nach so langer Zeit.

Da Ben später zum Mittagessen dazu kommt, bereiten Julia und ich in meiner Küche etwas mehr Essen zu als gewöhnlich. Sie fährt mich anschließend noch zur Therapie und bringt mir einiges aus dem Supermarkt mit. Später verlässt sie mich, und ich setze mich mit Lucky in den Garten und genieße das schöne Wetter. Eine kurze Zeit vertiefe ich mich noch in die Gartenarbeit, merke dann aber schnell, dass es genug für heute ist. Also setze ich mich wie gewöhnlich mit einer Tasse Kaffee in der Hand auf meinen Platz an der Sonne. Einige Male werfe ich Lucky den Ball zu, der sich irrsinnig über die Aufmerksamkeit freut. Dann schließe ich die Augen und versinke in meinen Gedanken. Ich versuche, mir vorzustellen, wie Philip reagieren wird und was ich ihm genau antworten soll. Ein Geräusch holt mich aus meinen Gedanken und mein Ehemann betritt den Garten. Natürlich wird zuerst Lucky ausgiebig begrüßt. Die beiden haben in meiner Abwesenheit eine noch innigere Beziehung aufgebaut, und das wärmt mir das Herz. Er wirft noch einige Male den Ball für Lucky, dann kommt er zu mir und gibt mir einen Kuss auf die Stirn. Von gestern Abend merke ich ihm überhaupt nichts mehr an, darüber bin ich sehr froh. Dann wird das folgende Gespräch vielleicht nicht ganz so anstrengend, denke ich. Natürlich bemerkt er sofort meine zurückhaltende Stimmung und fragt mich direkt danach. Wie zuvor einstudiert, gebe ich ihm eine ganz klare Antwort: „Ich werde morgen auf dem Platz reiten. Julia begleitet mich." Sein Gesicht bleibt unbewegt und nach einer kurzen Pause antwortet er mir mit einem knappen „okay" und geht dann ins Haus. Okay. Immerhin ist der erwartete Ausraster ausgeblieben, aber ich bin doch etwas perplex und weiß gerade nicht genau, was ich mit der Situation anfangen soll. Einen kurzen Moment später erscheint er wieder an der Glastür und fragt nach meinem Hunger. Das Thema wird also komplett übergangen, denke ich mir. Na gut, dann muss ich auch nicht weiter darüber diskutieren.

Wir holen uns zwei Pizzen und lümmeln uns aufs Sofa. Mehr als die halbe Pizza schaffe ich leider nicht, aber Philip verdrückt meinen Rest ohne Weiteres. Wie in alten Zeiten sitzen wir gemütlich vor dem Fernseher und schwatzen über den vergangenen Tag. Während wir so plappern, kommt mir plötzlich ein ungeplantes „ich freue mich so auf morgen" über die Lippen. Kaum habe ich es ausgesprochen, könnte ich mich dafür ohrfeigen. Wieso habe ich bloß dieses Thema angesprochen? Als würde ich es darauf anlegen, mich mit ihm zu streiten. Ich habe einfach meine Gefühle und Reaktionen immer noch nicht ganz unter Kontrolle. Philips Gesicht erstarrt zu einer kalten Maske. Eben noch war die Stimmung so schön und friedlich und dann das. Wieso kann ich meine Klappe nicht halten? Innerlich koche ich bereits vor Wut. Wut auf mich selbst, aber auch darauf, nicht so sein zu dürfen, wie ich nun einmal bin. Wieso kann er das nicht einfach akzeptieren? Schon wieder könnte ich mich ohrfeigen, denn die Antwort liegt ja auf der Hand. Er hat Angst um mich und das habe ich natürlich selbst zu verschulden. Mein inneres Gefühlswirrwarr ist echt kaum auszuhalten. Er sagt kein Wort, steht auf und beginnt, die Pizzaschachteln aufzuräumen. In meinem Innersten brodelt es. Selbstzweifel, Wut auf ihn, Wut auf die Situation, Wut auf mich, Trauer, Trauer um mein verlorenes

Leben, um mein verlorenes Ich. Die Gefühle prasseln auf mich ein und ich kann mich gar nicht auf eines davon konzentrieren. Schwankend zwischen Wut und Verzweiflung, Trauer und Mitleid. Ich weiß nicht, ob ich mich entschuldigen oder verteidigen soll. Sollte ich ihm nachgehen? Sollte ich es besser bleiben lassen? Was soll ich ihm sagen? Er soll sich nicht so anstellen oder, dass ich ihn verstehe? Denn beides stimmt, und ich habe dermaßen innere Konflikte. Konflikte, die ich nicht bewältigen kann und auch irgendwie nicht bewältigen will. Wieso nur sind wir an diesem Punkt? Wieso ist alles so gekommen, wie es kam? Womit habe ich diesen ganzen Schmerz nur verdient? Womit hat Philip diesen Schmerz verdient? Hat das Leben so überhaupt noch einen Sinn für mich? Für ihn? Für uns? Warum konnte ich nicht einfach sterben? Wieso bin ich wieder aufgewacht? Ich beginne hemmungslos zu weinen. Meine Vorfreude ist verschwunden, und ich weiß nicht, was mich jemals wieder glücklich machen soll. Nicht einmal, wie Philip am liebsten reagieren sollte, kann ich mir vorstellen. Das Ganze konnte ja nur nach hinten losgehen. Wieso nur war mir das nicht im Vorhinein klar? Oder war es mir klar und ich wollte es einfach unbedingt nicht wahrhaben? Seit diesem Tag, seit dem Unfall, trage ich mein Herz noch mehr auf der Zunge als jemals zuvor und doch konnte ich diese Gefühle verdrängen. Die Angst zu versagen, die Angst, allen Schmerzen zu bereiten, die Angst vor dem Scheitern. Ich will doch mein altes Leben zurück. Schluchzend und ganz tief in meinen Gedanken versunken sitze ich auf dem Sofa, während Lucky unermüdlich versucht, mich aufzumuntern. Doch es klappt nicht. Ich sehe in seine schönen, warmen, braunen Augen und stelle mir das Leid vor, dass er meinetwegen ertragen musste. Mein Selbsthass wird immer größer und bohrt sich tief in meine Seele. Dem Geräusch nach zu urteilen, hat sich Philip ins Bett gelegt. Ohne noch ein Wort mit mir zu reden, denke ich betrübt. Mir ist schwer ums Herz. Trotzdem muss noch jemand mit Lucky vor dem Schlafen hinaus. Da mir bewusst ist, wie sich meine momentane Stimmung auf meinen Bewegungsapparat ausgewirkt haben muss, und es auch spüre, wie schwer meine Glieder sich bewegen lassen, stehe ich ganz vorsichtig auf. Ganz angespannt bewege ich mich in Richtung Garten, um für Lucky die Tür zu öffnen. Ich hasse mich selbst dafür, dass es mir so schwerfällt. Ich hasse meinen Körper, weil er nicht mehr so funktioniert, wie er es einmal getan hat. Mit einem riesigen Klumpen im Magen mache ich hinter Lucky die Tür wieder zu und mache mich wieder extrem konzentriert auf den Weg zum Sofa. Innerlich zerfressen von schlechten Gefühlen rolle ich mich zusammen und vergrabe mein Gesicht unter der Kuscheldecke. Lucky schmiegt sich an meinen Rücken und ich bin unsäglich froh um seine Zuneigung. Ohne diese wüsste ich gerade nicht, wofür es sich noch zu leben lohnt. Leider gelingt es mir nicht, einzuschlafen und meine düsteren Gedanken drohen mich innerlich aufzufressen. Stundenlang liege ich abwechslungsweise vor Wut kochend und jämmerlich schluchzend da. Plötzlich bemerke ich eine Bewegung aus dem Schlafzimmer und das Licht geht an. Mit undurchdringbarer Miene starrt Philip mich an. „Kommst du endlich ins Bett?", fragt er ziemlich ungehalten. Der Sturm meiner Gefühle tobt nur noch wilder bei dem Tonfall seiner Frage. Stumm sehe ich ihn nur an. Zu keiner Regung bin ich im Moment noch fähig. In mir ist alles so verdammt wirr, dass ich gar nicht mehr weiß, wie ich reagieren soll, also bleibt jede Reaktion aus. „Ich rede mit dir" kommt jetzt noch eine Spur schärfer als zuvor aus Philips Mund. Immer noch keinerlei Reaktion meinerseits. Das ist einfach alles zu viel für mich, ich kann das nicht mehr ertragen. Die Last meiner Schuld droht mich zu erdrücken. Philip muss mir ansehen, wie mies ich mich fühle. Er war schon immer der Feinfühlige von uns beiden. Er kommt einige Schritte näher und sieht mich fragend an. Scheinbar weiß auch er gerade nicht, wie er sich verhalten soll. Schließlich entscheidet er sich, wieder ins Bett zu gehen, und verlässt den Raum. Ich weiß nicht genau, ob ich verletzt oder froh bin. Ob ich aufstehen und mitgehen oder einfach hierbleiben soll.

Anscheinend hat die Müdigkeit ihren Tribut gefordert und ich bin auf dem Sofa eingeschlafen. Denn als ich das nächste

Mal die Augen aufschlage, dringt bereits Sonnenlicht durch das Fenster. Die Geräusche aus dem Badezimmer verraten mir, dass Philip sich für die Arbeit bereitmacht. Wieder weiß ich nicht, wie ich genau reagieren soll. Soll ich nun aufstehen und ohne etwas zu sagen mit Lucky spazieren gehen? Soll ich etwas sagen und wenn ja, was? Soll ich einfach so tun, als wäre ich nicht aufgewacht? Lucky nimmt mir diese Entscheidung zumindest teilweise ab, indem er vor Freude aufgeregt umherhüpft, als er bemerkt, dass ich wach bin. Nun gut, dann kann ich jetzt nicht mehr die Schlafende spielen. Notgedrungen stehe ich auf und bemerke meine wackeligen Beine. Diese Nacht ohne Schlaf, dafür mit Gefühlschaos hat mir definitiv nicht besonders gutgetan. Staksig begebe ich mich ins Schlafzimmer, um mich anzuziehen. Gerade als ich damit fertig bin und in den Flur trete, begegne ich Philip. Erstaunt und unsicher sieht er mich an. Ohne groß darauf einzugehen, gehe ich an ihm vorbei und schnappe mir die Leine. Mit einem knappen „Bin dann einmal weg" verlasse ich das Haus. Beinahe als wäre ich auf der Flucht. Der Spaziergang mit Lucky tut mir richtig gut. Nach einigen Hundert Metern bewegt sich auch mein Körper wieder wie gewohnt. Ein schüchternes Lächeln huscht über mein Gesicht. Wieder zu Hause angekommen, sehe ich den leeren Parkplatz und weiß, dass ich allein bin. Dieses Wissen lässt mich tief durchatmen und ich betrete entspannt meinen Garten. Wie üblich füttere ich zuerst Lucky und genehmige mir dann einen Kaffee.

Mein Telefon klingelt und ich sehe Julias Namen auf dem Display. Mit gemischten Gefühlen gehe ich ran. „Na, alles klar?", fragt sie mich in gewohnt überdrehter Weise. Da ich nicht weiß, ob alles klar ist, fällt mir keine Antwort ein. Das ist allerdings auch nicht nötig. „Wann soll ich dich abholen? Ich kann in einer halben Stunde bei dir sein", erklärt sie mir aufgekratzt. Kurz zögere ich, stimme dann aber freudig zu. Meine Shila ist für mich das Allerwichtigste und nichts kann mich abhalten, zu ihr zu gehen. Wir legen auf und ich bereite mich auf meinen ersten Ritt seit Ewigkeiten vor. Die Reithosen, die normalerweise immer griffbereit daliegen, sind im Schrank verstaut. Das Anziehen fällt mir schon um einiges leichter als noch vor ein paar Wochen. Das Reitergilet, das ich beim Unfall anhatte, wurde damals von den Sanitätern aufgeschnitten. Da ich es nie gebraucht habe, fällt mir dessen Fehlen erst jetzt auf. Kurz überlege ich, was ich stattdessen anziehen könnte, dann höre ich auch schon Julias Auto. Aufgedreht kommt sie durch die Haustür, um Lucky zu begrüßen. Der freut sich irrsinnig. Gemeinsam gehen wir nach draußen und steigen in ihr Auto. „Freust du dich?", fragt sie mit erregter Stimme. Ich nicke stumm und sie sieht mich fragend an. „Es ist wegen Philip", versuche ich zu erklären und sie verdreht die Augen. „Vergiss ihn. Heute geht es um dich und Shila. Du solltest schon lange wieder reiten, finde ich", sagt sie etwas grimmig. „Wieso muss er dir die Freude daran vermiesen?" Wieder verdreht sie die Augen. Reflexartig möchte ich ihn verteidigen, denn ich kann ihn ja verstehen. Aber nach der letzten Nacht habe ich keine Energie mehr, darüber nachzudenken oder zu reden. Also bin ich einfach still. „Hast du Angst?", fragt sie mich plötzlich. Diese Frage hat mir bisher noch keiner gestellt. Kurz denke ich darüber nach und antworte ihr wahrheitsgetreu mit einem klaren „Nein". Angst habe ich wirklich überhaupt nicht. Zumindest nicht um mich. Ich will mir gar nicht vorstellen, wie es für mein Umfeld wäre, wenn sich so eine Tragödie wiederholt. Pferde sind nun einmal keine Maschinen. Man kann nie mit Sicherheit wissen, dass alles glattläuft.

Kaum sind wir beim Pferdestall angekommen, klettere ich aus ihrem Auto und steuere auf Shilas Box zu. Routiniert nehme ich sie ans Halfter und führe sie auf den Putzplatz. Das funktioniert schon wieder wie früher, denke ich stolz. Zuerst muss ich eine Runde mit meinem Pferd schmusen. Sie drückt mir ihre warmen Nüstern an den Hals und ich atme tief durch. Das ist wahnsinnig beruhigend. Diese Zweisamkeit hat mir schon durch manche Krisen geholfen. Dann fange ich an, sie zu striegeln, und lege ihr das Sattelpad auf den Rücken, als ich damit fertig bin. Beim Anheben des Sattels bemerke ich, dass ich extrem wenig Kraft in den Armen habe. Ein Westernsattel ist schwer, aber das war früher nie ein Problem für mich. Ungelenk hieve ich den Sattel in Richtung Pferd und bemerke Julias Schmunzeln. Mein Versuch, den Sattel auf Shilas Rücken zu schwingen, misslingt, und Julia kann mir in letzter Sekunde noch zur Hilfe eilen, bevor der teure Ledersattel zu Boden fällt. Sie kann sich ein Kichern nicht verkneifen, und ich sehe sie etwas unsicher an. Sollte jemand reiten, der nicht einmal den Sattel selbst auf das Pferd bringt? Sie scheint meine Gedanken zu lesen und meint: „Es wird Zeit für ein wenig Muskeltraining, was?" Ich nicke und mache mich daran, den Sattelgurt zu befestigen, dann hole ich den Zaum. Wie eh und je lässt sich Shila ohne Weiteres von mir zäumen und wir machen uns auf den Weg zum Reitplatz. Beim Aufsteigen zeigt sich bereits ein weiteres Problem. Es gelingt mir kaum, auf dem rechten Bein zu balancieren, um mit dem linken Fuß in den Steigbügel zu stehen. Zum Glück habe ich Shila damals beigebracht, beim Aufsteigen total stillzustehen. An den Sattel festgeklammert, schaffe ich es schließlich, den Fuß in den Steigbügel zu stellen, und schwinge mich in den Sattel. Geübt bringe ich meinen Körper in die richtige Position und das Gefühl ist unbeschreiblich. Freudentränen schießen in mein Gesicht und ich begegne Julias besorgtem Blick. „Alles okay", erkläre ich schnell, aber mit weinerlicher Stimme. Dann gebe ich Shila mit meinen Beinen das Zeichen, sich in Bewegung zu setzen, und sie marschiert los. Mein Grinsen geht fast von einem Ohr zum anderen und ich lasse mich einfach mittragen. Das Gefühl der Freiheit ist unbeschreiblich. Alle Sorgen und Bedenken fallen von mir ab und ich fühle mich einfach nur gut. Die herbstliche Sonne scheint in mein Gesicht und auch innerlich spüre ich eine wohlige Wärme. Julia macht begeistert einige Fotos von uns mit ihrem Handy. Nach einiger Zeit fragt sie mich, ob ich nicht einmal antraben möchte. Da ich nicht schwach oder ängstlich wirken möchte, weiß ich nicht genau, wie ich darauf reagieren soll. Es scheint, dass ich in den vergangenen Wochen alle meine Muskeln verloren habe. Die Schenkelinnenseiten brennen bereits und ich spüre das erste Mal in meinem Leben meine Bauchmuskeln. „Reiten ist wohl doch ein besseres Fitnesstraining als bisher angenommen", witzele ich. „Ich spüre jeden Muskel in meinem Körper." Etwas enttäuscht nimmt sie meine Antwort zur Kenntnis und wir gehen zurück zum Stall. Gekonnt hüpfe ich aus dem Sattel und trete mit beiden Füssen kräftig auf den Boden. Das fühlt sich seltsam an. Als würde mir schwarz vor Augen werden, und ich halte mich noch einen Moment am Sattel fest. Keinesfalls möchte ich, dass jemand das bemerkt. Kurz darauf habe ich mich wieder gefangen und ziehe Shila den Zaum aus und das Halfter an. Beim Lösen des Sattelgurtes überlege ich, wie ich nur diesen schweren Sattel heil vom Pferd bekommen könnte. Da tritt auch schon Julia an meine Seite und übernimmt diesen Part wortlos. Dankbar sehe ich ihr hinterher, wie sie meinen Sattel versorgt. Sie ist einfach eine so gute Freundin, denke ich. Nachdem wir alles erledigt haben, bringt sie mich wieder nach Hause. Vor der Haustür bedanke ich mich bei ihr mit einer innigen Umarmung und sie fährt weg. Ich bin so erledigt, dass ich es nicht mehr unter die Dusche schaffe. Auf dem Sofa rolle ich mich zusammen und schlafe sofort ein.

Ich wache auf. Vom Flur her vernehme ich Geräusche. Philip ist wohl nach Hause gekommen und begrüßt Lucky, dann höre ich Schritte in meine Richtung. „Gibt es heute nichts zu essen?", fragt Philip etwas irritiert. Auch einen gewissen Unmut höre ich in seiner Stimme. Langsam richte ich mich auf. Ich fühle mich wie verkatert. Habe ich den ganzen Vormittag verschlafen? „Das Reiten hat mich wohl ziemlich erschöpft", gebe ich kleinlaut zurück und ziehe entschuldigend die Achseln nach oben. „Ja. Ich habe ein Foto erhalten", bekomme ich erzürnt zurück und damit verschwindet Philip in die Küche. Ganz beklommen sitze ich auf dem Sofa und weiß nicht genau, wie ich reagieren soll. Nach einer kurzen Verschnaufpause stehe ich auf und gehe zu ihm in die Küche. „Kann ich dir helfen?", frage ich zaghaft. „Du kannst die Küche verlassen", grummelt er. Bitte? Hilflos stehe ich im Raum. „Du stinkst nach Pferd", sagt er bewusst beiläufig. Wut steigt in mir hoch. Wieso muss er so miese Stimmung verbreiten? Die ganzen schönen Gefühle von heute Morgen sind wie weggewischt. Tränen schießen mir in die Augen. Kurzentschlossen gebe ich Lucky ein Handzeichen und verschwinde mit ihm in den Garten. Von Wut getrieben setze ich mich angespannt auf meinen Stuhl und versuche, mich zu beruhigen. Die Atemübungen aus der Logopädie kommen mir da gerade recht. Das sollte ich heute sowieso noch machen. Total auf meine Atmung konzentriert, versuche ich, nicht über Philips Reaktion nachzudenken. Plötzlich höre ich hinter mir seine Stimme: „Essen." Na toll. Da freue ich mich doch schon sehr, denke ich sarkastisch. Mit einem grimmigen Gesicht gehe ich nach drinnen und setze mich an meinen Platz. Philip würdigt mich keines Blickes. Lustlos schaufle ich einige Gabeln Pasta in mich hinein. Nach dem Essen nimmt Philip wortlos die leeren Teller mit in die Küche und verlässt dann das Haus. Der Motor seines Wagens startet. Er geht wohl zurück zur Arbeit. Ist das jetzt sein Ernst?

Den ganzen Nachmittag versuche ich, die schlechten Gedanken zu vertreiben. Bei einem schönen Spaziergang mit Lucky gelingt mir das sogar zeitweise. Sobald ich wieder zu Hause bin, prasselt alles wieder auf mich ein. Lange überlege ich, ob ich ein spezielles Nachtessen zubereiten soll, um die Wogen etwas zu glätten. Entscheide mich aber am Ende dagegen. Der muss sich ja nicht so danebenbenehmen. Wir hätten ein Gespräch auf Augenhöhe führen können. Er ist ja schließlich nicht mein Boss. Stur halte ich an dieser Meinung fest und warte fast schon provokativ auf seine Rückkehr. Später als gewohnt betritt Philip das Haus. Sofort geht er ins Schlafzimmer und zieht sich um. Mit seinen Sportsachen bekleidet, marschiert er im Flur schnurstracks an mir vorbei. Diese Kleidung habe ich ja schon ewig nicht an ihm gesehen, denke ich erstaunt. Ohne mich auch nur eines Blickes zu würdigen, verlässt er das Haus wieder. Durch das Küchenfenster sehe ich ihm hinterher, als er in hohem Tempo um die Ecke rennt. Was ist nur in diesen Kerl gefahren? Noch wütender als zuvor stehe ich da. Wie vom Blitz gerührt, weiß ich gar nicht, was ich jetzt tun soll. Den ganzen Nachmittag habe ich nur darauf gewartet, dass Philip nach Hause kommt und ich mich richtig mit ihm streiten kann. Das wird mir jetzt erst bewusst und ich komme mir ziemlich albern vor. Meine Gefühle zu kontrollieren und im Zaum zu halten, ist immer noch keine meiner Stärken. Plötzlich bemerke ich Luckys Anwesenheit. Er steht schwanzwedelnd neben mir und sieht mich erwartungsvoll an. Gemeinsam gehen wir in den Garten und ich versuche, mich zu beruhigen. Leider gelingt mir das nicht besonders gut. Mein Magen krampft sich immer noch zusammen und fühlt sich heiß an. Wieder versuche ich, mich mithilfe der Atemübungen abzulenken. Tief einatmen und ganz langsam ausatmen. Es beruhigt mich heute keineswegs. Nach einer gefühlten Ewigkeit höre ich, wie Philip das Haus betritt und unter die Dusche steigt. Wie festgewachsen, bleibe ich einfach sitzen. Eigentlich sterbe ich bereits vor Hunger, doch ich besitze nicht die Kraft, mich zu rühren.

Irgendwann tritt er hinter mir auf den Sitzplatz und befiehlt mir, mich an den Esstisch zu setzen. Bevor ich protestieren kann, ist er auch schon wieder verschwunden. Geknickt erhebe ich mich langsam und gehe mit Lucky zurück ins Haus. Philip steht am Herd und kocht unser Abendessen. Das schlechte Gewissen beschleicht mich zum wiederholten Mal. Ohne mich anzusehen, schöpft er das Essen auf zwei Teller und verschwindet damit ins Esszimmer. Beklommen setze ich mich an den Tisch und starre auf mein Essen. „Iss", befiehlt er in strengem Ton. Dieses kleine Wort bringt das Fass zum Überlaufen und ich fange zu weinen an. Wieso ist er so verdammt fies zu mir? Den Körper von ihm abgewandt sitze ich da und schluchze vor mich hin. Nach einiger Zeit spüre ich seine Hand auf meinem Rücken und ich zucke davor zurück. „Echt jetzt?", fragt er mich empört und ich sehe ihn total verdattert an. „Wie kannst du nur so fies zu mir sein?", frage ich ihn traurig und verwirrt von seinem Verhalten. „Ich bin fies zu dir? Du musstest dich doch wieder auf dieses Pferd setzen", kontert er verletzt. Perplex starre ich ihn an. „Dieses Thema hatten wir doch schon, oder? War das nicht geklärt? Reiten ist ein Teil meines Lebens", sage ich mit einem Zittern in der Stimme. Wütend sieht er mich eine kurze Zeit schweigend an und meint dann: „Ja klar, du hast das geklärt. Meine Meinung zählt ja nicht. Ob es mich innerlich vor Angst zerreißt, ist dir ja egal. Du musstest dich ja nicht Tod daliegen sehen." Bei den letzten Worten beginnt sein Kinn zu zittern und eine Träne rinnt über seine Wange. Jetzt brennt mein Innerstes wieder, dieses Mal aber vor Mitleid und Selbsthass. Es tut mir so wahnsinnig leid für ihn. Welche Qualen er meinetwegen ertragen musste, kann ich mir kaum vorstellen. Ich kann ihn ja total verstehen und möchte ihn auch nicht verletzen. Aber ich will auch reiten. Trotz seines Schmerzes will ich darauf einfach nicht verzichten müssen. Er sieht mir meinen inneren Kampf wohl an, kommt zu mir und nimmt mich fest in die Arme. „Ich will dich nicht verlieren", sagt er leise in mein Ohr und mir kommen wieder die Tränen. Lange sitzen wir so da, eng umschlungen, schluchzend und traurig. Es ist eine wahnsinnig komplizierte Situation. Natürlich will ich ihm keine Angst machen und ihn auch nicht verletzen. Und doch weiß ich, dass ich wieder aufs Pferd steigen werde, egal, was er sagt. Er tut mir so leid, aber ich kann und will nicht ohne das Reiten leben. Er wird sich einfach damit abfinden müssen. Wie egoistisch von mir. Obwohl ich ihn von Herzen liebe und genau weiß, was er alles für mich getan hat und was er mir bedeutet. Das Reiten kann und will ich nicht aufgeben. Nicht seinetwegen und auch für nichts Anderes. Noch lebe ich und möchte auf nichts verzichten. Es kann schnell genug vorbei sein.

Die nächsten Wochen sind eine ziemliche Herausforderung. Für Philip, meine Freunde, meine Eltern, aber auch für mich. Es wird immer kälter und meine Glieder sind immer schwerer zu beherrschen. Bisher habe ich noch keinem davon erzählt. Je länger ich mit diesem Geheimnis lebe, desto mehr Angst macht es mir, das alles zu berichten. Philip und ich haben die Abmachung getroffen, dass ich ihm sofort eine Nachricht schreibe, wenn ich auf dem Pferd sitze und auch, sobald ich abgestiegen bin. Er würde sonst verrückt vor Angst werden und das kann er beim Arbeiten wirklich nicht gebrauchen. Mit diesem Deal kann ich gut leben und halte mich auch strikt daran. Nur wenn ich ihm erzähle, was mit meinem Körper passiert, wenn ich friere, ist unser Deal sicher geplatzt. Davor habe ich riesige Angst.

Doch früher oder später muss ich ehrlich sein. Ich kann das nicht ewig verbergen. Ein weiteres Geheimnis sind die Zuckungen in meinem Bein, wenn ich mit Shila trabe. Sobald ich den Fußballen belaste, zuckt mein ganzes Bein und ich muss mich ziemlich am Sattel festkrallen. So etwas kann und will ich nicht beichten. Wenn ich absteige und mit den Füßen einigermaßen hart aufspringe, wird mir immer noch fast jedes Mal schwarz vor Augen. Auch das konnte ich bisher gut kaschieren und habe niemanden darüber informiert. Sie würden sich nur Sorgen machen. Ständig werde ich gefragt, wie es mir geht und ob ich noch Symptome vom Koma hätte. Darauf gebe ich gekonnt ausweichende Antworten und wechsle jeweils schnell das Thema. Ich habe keine Lust mehr, ständig nur über mich zu reden. Der Fokus war jetzt lange genug ausschließlich auf mir.

An einem kalten Wintermorgen reite ich mit Julia wie gewöhnlich aus. Es ist wirklich frostig und mein rechtes Bein ist kaum zu gebrauchen. Trotzdem bin ich stur genug, mich auf mein Pferd zu setzen. Nach dem Ausritt hüpfe ich schwungvoll aus dem Sattel. „Sie kommt zu sich." Ich höre nah an meinem Ohr Julias Stimme. Ich friere und zittere extrem, mein Ellbogen schmerzt. Wieso liege ich auf dem kalten Boden? „Einfach nicht zu glauben", höre ich Philips Stimme. Mir wird noch ein wenig unwohler und ich versuche aufzustehen. „Bleib ja liegen", ermahnt er mich und hält mich am Arm fest. Total verwirrt und etwas empört starre ich in seine Augen. „Was ist denn hier los?", versuche ich mit weinerlicher und zittriger Stimme zu fragen. Ich habe das Gefühl, zu erfrieren. „Na was wohl. Du warst mal wieder bewusstlos. Das wird langsam zur Gewohnheit, was?", antwortet Philip ziemlich böse, aber mit Panik in den Augen. Julia hilft mir, mich aufzusetzen, und fragt mich: „Was ist denn passiert? Du bist abgestiegen und bist auf einmal auf dem Boden gelegen." In meinem Gehirn rattert es, aber ohne Ergebnis. An den Ritt kann ich mich noch vage erinnern. Ich bin abgestiegen und dann? Einfach nur Leere. Da höre ich die Sirene vom Rettungswagen. „Ist das euer Ernst?", frage ich erschrocken. Philip straft mich mit einem bösen Blick und meint: „Du warst nicht ansprechbar. Eine Viertelstunde. Julia und ich sind tausend Tode gestorben." Sein Kinn zittert. Oh nein. Nicht schon wieder. Wie ist das nur möglich? Es bleibt mir keine Zeit, darüber nachzudenken. Die Rettungssanitäter helfen mir auf die Bahre und fahren mit mir ins Krankenhaus. Eingewickelt in mehrere Thermofolien habe ich immer noch das Gefühl, gleich zu erfrieren. Mir ist so wahnsinnig kalt. Mein Körper lässt sich kaum bewegen. Nicht einmal mein Handy kann ich mit meiner rechten Hand halten. Im Krankenhaus angekommen werde ich schon von Philip, Julia und meinen Eltern erwartet. Das auch noch, denke ich. Vor Scham könnte ich im Boden versinken. Mein Neurologe kommt witzelnd auf mich zu. Er kennt mich noch aus vergangenen Tagen. „Sie können es wohl einfach nicht lassen, was?", fragt er mit einem frechen Grinsen. „Nur gut, dass dieses Mal nicht mehr passiert ist", meint er und ich nicke. Was ist denn eigentlich passiert, frage ich mich. Als könnte er meine Gedanken lesen, fragt er nach: „Was war denn los?" Julia mischt sich ins Gespräch und sagt: „Sie ist vom Pferd gesprungen und einfach umgefallen. Bewusstlos lag sie da. Genau wie damals." Bei den letzten Worten höre ich tiefen Schmerz in ihrer Stimme und mir läuft ein Schauer über den Rücken. Mir wird gerade bewusst, was ich getan habe. Sie mussten mich schon wieder bewusstlos daliegen sehen, als würde einmal nicht reichen. Ich schäme mich so. Der Neurologe sieht mich mit hochgezogenen Augenbrauen an und erwartet wohl eine Erklärung von mir. Kleinlaut und fast unverständlich erzähle ich ihm von meinem Problem beim Absteigen. Dass mir immer schwarz vor Augen wurde. Seine Augen werden groß und er sieht mich fassungslos an. Philips und Julias Blick vermeide ich ganz bewusst. Erst jetzt bemerke ich, wie unfair mein Verhalten war. Meine Mutter liegt blass in den Armen meines Vaters. „Anscheinend kann ihr Gehirn solche Erschütterungen noch nicht aushalten und hat deshalb wieder zur Sicherheit ausgeschaltet", erklärt der Neurologe die Situation. Doofes Gehirn, denke ich bei dieser plastischen Erklärung. „Fängt jetzt alles wieder von vorn an?", platzt es aus Philip heraus. Der Arzt versucht, ihn zu beruhigen, und erklärt ihm, noch einige Untersuchungen an mir vornehmen zu wollen, und dann könne er mich mit nach Hause nehmen. „Können sie wieder aufstehen?", fragt er dann an mich gewandt. Hoffentlich, denke ich und versuche, mich ganz langsam zu bewegen. Zum Glück gelingt es mir einigermaßen gut und ohne größere Schwierigkeiten als gewohnt. Nach einigen Untersuchungen kann mich Philip tatsächlich mit nach Hause nehmen. Julia sitzt bei uns im Auto, doch es wird kein einziges Wort gesprochen. Die eisige Kälte, die mich immer noch umfängt, ist entsetzlich und ein wenig Ablenkung wäre toll. Aber ich traue mich kaum zu atmen. Endlich zu Hause angekommen, parkt mein Vater sein Auto direkt neben unserem. Sie wollten noch mit zu uns kommen. Was jetzt wohl auf mich wartet? Im Haus empfängt mich Lucky sehnsüchtig, doch ich habe kaum Zeit für ihn und werde an den Esstisch zitiert. Alle vier setzen sich um mich herum und sehen mich enttäuscht an. Ich würde mich gerne für mein Verhalten entschuldigen, doch ich bekomme kein Wort über meine Lippen. Eine stumme Träne kullert über meine Wangen und ich verziehe schuldbewusst das Gesicht. Wie üblich ist es Julia, die mich rettet. Sie beginnt leise zu sprechen: „Eva hat das wohl sicher nicht in böser Absicht gemacht. Sie wollte einfach das Reiten nicht aufgeben und hat uns deshalb nichts gesagt." Dann an mich gewendet: „Natürlich war das unverzeihlich von dir. Uns noch einmal dieser ganzen Szene auszusetzen. Trotzdem bringt es jetzt nichts, dir Schuld zuzuweisen. Wir sollten sehen, wie wir das jetzt besser machen." Beim letzten Satz kann sich meine Mutter nicht mehr zurückhalten und keift: „Was heißt hier besser machen? Es wird nicht mehr geritten, basta. Das Pferd hätte schon beim ersten Mal verkauft werden sollen." Böse starre ich sie an und brummle: „Das entscheide immer noch ich." Bevor meine Mutter aus der Haut fahren kann, schreitet mein Vater ein. Er versucht, sie zu beruhigen, und ermahnt uns alle zu einer anständigen Diskussion. Dankbar sehe ich ihn an, doch der Blick, den ich abbekomme, ist strafend und streng. Philip war bisher total still. Plötzlich setzt er sich aufrecht hin und entscheidet: „Es wird jetzt ein Jahr nicht geritten. Die Ärzte hatten mir damals gesagt, dass es gut ein Jahr dauert, bis ein Gehirn geheilt ist. Ab heute setzt du dich ein Jahr lang auf kein Pferd und versuchst auch sonst nirgends herunterzuspringen. Du kannst Shila besuchen, vom Boden aus bewegen, aber dann ist auch gut." Gut. Ein Jahr. Damit kann ich leben. Schweigend starre ich in die Runde. Es scheint, als wären alle mit dieser Entscheidung einverstanden. Meine Eltern und Julia verabschieden sich zum Glück. Die Kälte sitzt mir immer noch in den Knochen und ich will einfach nur ins Bett. Zu meinem Erstaunen kuschelt sich Philip eng an mich und küsst meinen Hinterkopf. „Ich bin so froh, dass ich dich noch habe", nuschelt er in meine Haare und ich beginne leise zu weinen.

Einige Wochen später steht der Reaktionstest, der noch zwischen meinem Führerschein und mir steht, vor der Tür. Etwas aufgeregt setze ich mich bei meiner Neuropsychologin an den PC und beginne mit dem bekannten Spiel. Zum Glück ist sie dieses Mal mit meiner Leistung sehr zufrieden und ich darf endlich wieder selbst ans Steuer. Ich versuche, meine Freude nicht zu offen zu zeigen, doch das gelingt mir nicht sehr gut. Die Therapeutin lächelt über meinen freudigen Ausbruch und ist wohl auch mit ihrer getanen Arbeit sehr zufrieden. Rebekka, die mich heute zur Therapie gefahren hat, fragt, ob ich gleich nach Hause fahren möchte. Doch ich winke ab. Zu unsicher fühle ich mich, gleich ein fremdes Auto zu lenken. Lieber fahre ich heute Abend mit Philip in den Stall mit meinem kleinen SUV. Das war heute mein letzter Termin in der Praxis und es fühlt sich einfach gut an. Endlich wieder frei. Frei, das machen zu können, worauf ich gerade Lust habe. Völlig beflügelt von diesem Gefühl, warte ich auf Philips Feierabend. Natürlich erklärt er sich bereit, meine erste Autofahrt seit einem halben Jahr zu beaufsichtigen. Innerlich habe ich schon noch Bedenken, aber das erwähne ich natürlich nicht. Meine Sorgen sind total unbegründet. Tatsächlich ist es wie Fahrradfahren. Wenn man es einmal kann, dann geht es auch nach langer Zeit noch genau wie beim letzten Mal. Im Stall angekommen merke ich bereits, wie die kurze Autofahrt mich extrem ermüdet hat. Total genervt verdrehe ich innerlich die Augen, lasse mir aber natürlich nichts anmerken. Philips Widerwillen im Stall zu sein, kommt mir als gelegene Ausrede. Ich knuddle Shila nur kurz und wir setzen uns wieder ins Auto. Die Heimfahrt werde ich ja wohl noch zustande bringen. Zu Hause angekommen bin ich froh, mich gleich ins Bett legen zu können. War das wieder ein wahnsinnig anstrengender Tag. Früh stehe ich auf. Meine Joggingtour mit Lucky ist mittlerweile wieder normaler Alltag für mich geworden. Wie gelernt, dehne ich mich danach immer noch kräftig durch. Das eine oder andere an meinem Körper wird wohl nie mehr so sein, wie es einmal war, aber ich habe gelernt, damit richtig umzugehen. Auch mein Gleichgewicht trainiere ich noch wie gewohnt, denn auch da bin ich noch nicht in alter Form. Ich bin aber motiviert genug, es wieder zu sein. Nach einer ausgiebigen Kaffeepause fahre ich zu Shila. Ist das toll? Einfach selbstständig zu sein, genau wie in alten Tagen. Das fühlt sich so gut an. Shila und ich laufen mittlerweile zur Höchstform auf bei der Bodenarbeit. Wir hatten ja jetzt genug Zeit, uns damit zu beschäftigen. Es macht uns beiden riesen Spaß und sie bekommt natürlich für jeden Zirkustrick einen Keks. Nach einer langen Knuddelpause verabschiede ich mich von Shila und fahre nach Hause. Dort ist es gerade Zeit, das Mittagessen vorzubereiten. Das fällt mir zum Glück wieder so leicht wie eh und je. Als Philip von der Arbeit kommt, trage ich zwei üppig belegte Teller ins Esszimmer. Er gibt mir einen Kuss auf die Stirn und strahlt mich an. Gemeinsam verzehren wir das Mittagessen und plaudern über dies und das. Am Nachmittag steht ein Termin bei meinem alten Arbeitgeber an. Obwohl ich noch nicht ganz in alter Form bin, möchte ich wieder etwas tun. Ich habe nun lange genug auf Philips Kosten gelebt. Ohne das Auto hatte ich leider gar nicht die Möglichkeit, zu meiner Arbeitsstelle zu gelangen. Leider ermüdet mich die zweite Autofahrt an diesem Tag schon wieder extrem, und ich trete schon ziemlich erledigt in mein altes Büro. Meine Chefin ist hocherfreut, mich zu sehen, und mir geht es genauso. Nach einem langen Gespräch kommen wir zu dem Schluss, dass es am besten ist, wenn ich zuerst nur morgens zur Arbeit komme. Dankbar und zufrieden verabschiede ich mich von ihr und fahre nach Hause. Dort lege ich mich total erledigt aufs Sofa und schlafe sofort ein. Als Philip nach Hause kommt, küsst er mich sanft wach und möchte wissen, wie mein Gespräch lief. Beim Nachtessen erzähle ich ihm alles, lasse aber weg, dass mich das Autofahren noch so extrem müde macht. Nach dem Essen schlafe ich an ihn gekuschelt auf dem Sofa wieder ein.

Wie üblich stehe ich früh auf, gehe mit Lucky joggen, trinke meinen Kaffee und setze mich danach ins Auto. Heute ist mein erster Arbeitstag seit einer Ewigkeit und ich bin etwas aufgeregt deswegen. Alle meine Arbeitskollegen sind wahnsinnig erfreut, mich wiederzusehen, und möchten gleich alles von mir wissen. Es fällt mir nicht mehr schwer, darüber zu reden, denn ich habe mich ja wieder zurückgekämpft und darauf bin ich schon etwas stolz. Selbst meine Ärzte und die Therapeuten hatten nicht daran geglaubt, dass es mir wieder so gut gehen würde. Nach einem anstrengenden Vormittag bin ich froh, mich wieder ins Auto für die Heimfahrt setzen zu können. Dort angekommen gehe ich kurz mit Lucky in den Garten und leg mich danach aufs Sofa.

Ich wache auf und höre Geräusche aus der Küche. Es ist wahnsinnig anstrengend, mich aufzusetzen, und ich brauche einen Moment, bis ich aufstehen kann. Seltsam. Etwas wirr im Kopf gehe ich in die Küche, wo ich Philip am Herd vorfinde. „Was machst du?", grummle ich leise fragend. Philip sieht mich schmunzelnd an und sagt: „Du warst wohl so fertig von deinem ersten Arbeitsmorgen, du hast den ganzen Nachmittag geschlafen. Es ist 18:00 Uhr." Sein Grinsen wird breiter. Bitte was? Ich habe einen halben Tag geschlafen wegen der paar Stunden Arbeit? Das bedeutet ja, ich war noch gar nicht bei Shila. Das Thema schneide ich wohl im Moment besser nicht an. Das führt nur wieder zu Diskussionen und das habe ich mittlerweile zu vermeiden gelernt. Total erledigt setze ich mich an den Esstisch und muss das zuerst verdauen. Dass es mich dermaßen ermüden würde, zu arbeiten, hätte ich wirklich nicht gedacht. Warum nur bin ich deswegen so erledigt? Innerlich schmeißt mich das um Wochen zurück und ich könnte heulen. Doch Philip zuliebe reiße ich mich zusammen. Wir essen gemütlich gemeinsam die Pasta, die er gekocht hat, und schwatzen etwas über den vergangenen Tag. Vor allem er erzählt. Leider kann ich mich nicht aufs Essen und Reden gleichzeitig konzentrieren. Das Zuhören fällt mir schon schwer genug. Als könnte er meine Gedanken lesen, fragt er plötzlich: „Sollen wir nachher noch kurz zu Shila fahren? Dann kannst du sehen, wie es ihr geht. Zum Autofahren bist du ja sicher zu müde, oder?" Die letzten Worte hätte er sich ruhig sparen können, aber er hat ja recht. Also stimme ich dankbar zu. So und ähnlich vergehen die nächsten Wochen und Monate. Alles muss ich mir genau einteilen. Wie viel Kraft ich wofür brauche und wie viel Energie ich wofür verwende. Mal mehr für die Arbeit, mal für Lucky, mal für Shila. Es ist zermürbend, nicht einfach tun zu können, wozu man Lust hat. Aber ich muss ja dankbar sein, überhaupt etwas tun zu können. Mit der Zeit schaffe ich es, immer mehr zu arbeiten und auch wieder mehr Sport zu machen. Endlich ist mein reitfreies Jahr vorbei und ich freue mich wahnsinnig auf unseren ersten Ausritt. Ich weiß, dass Philips Nerven deswegen schon wieder blank liegen. Aber jetzt war ich so brav und habe so lange gewartet. Nichts kann mich jetzt noch zurückhalten. Selbst Julia ist für ihre Verhältnisse extrem angespannt und will jedes Detail wissen. Wie es meinem Bein geht, wie es sich beim Absteigen anfühlt. Zu meiner eigenen Beruhigung geht alles wie geschmiert. Ich fühle mich toll und auch Shila ist top motiviert. Es ist einfach zu schön.

Spät abends kommt Philip mit seinem Handy zu mir und zeigt mir darauf ein Bild von einem Hund. „Ich weiß, er ist kein Welpe mehr, aber er gefällt mir und der arme Kerl sitzt im Tierheim." Total entgeistert starre ich ihn an. Was genau will er mir sagen? Perplex bekomme ich kein Wort heraus. „Bist du total dagegen?", fragt er mich etwas verwirrt. Nach einer gefühlten Ewigkeit finde ich meine Stimme wieder und antworte ihm: „Meinst du das wirklich ernst? Das wäre ja der Wahnsinn!" Das ist wohl die Begeisterung, die er sich erhofft hatte. Er strahlt über das ganze Gesicht und ich bin immer noch etwas sprachlos. Wir schauen uns die Bilder und die Beschreibung zusammen an, und ich bin schon richtig gespannt. Am Wochenende haben wir einen Termin im Tierheim und holen Bobby ab. Auch die positive Aufregung wirkt sich wieder schlecht auf meine Beweglichkeit aus. Das nervt. Wird das mein ganzes Leben lang so bleiben? Jaja, ich weiß, ich muss dankbar sein. Die Vorfreude ist stärker als der Ärger, und ich sitze grinsend auf dem Beifahrersitz. Wir haben Lucky zu Hause gelassen, also steht uns die Zusammenführung der Hunde noch bevor. Das klappt wie erwartet einwandfrei, denn Lucky ist so ein lieber Kerl und Bobby ist einfach nur froh. Die nächsten Tage kümmere ich mich mehr um die Hunde als gewöhnlich, also geht Shila etwas leer aus. Das tut mir wahnsinnig leid. Deshalb plane ich am Wochenende einen großen Ausritt, während Philip mit Ben und Julia im Garten die Hunde bespaßt. Ich sitze auf Shilas breitem Rücken und genieße die Sonne. Es ist einfach wahnsinnig schön und entspannend.

So und ähnlich vergehen die nächsten Monate. Nach einem knappen Jahr muss uns Lucky leider altershalber verlassen. Sein Verlust schmerzt mich sehr und auch Philip hat schwer daran zu knabbern. Dank Bobby gelingt es mir zum Glück, darüber hinwegzukommen. Natürlich wird er Lucky nie ersetzen. Er hat mir durch die schwerste Zeit meines Lebens geholfen. Immer hat mich seine Zuwendung wiederaufgebaut, wenn ich nicht mehr weiterwusste, und seinetwegen habe ich versucht, mich möglichst schnell körperlich zu erholen. Er war mein bester Freund und mein engster Vertrauter in einer sehr schweren Zeit.

In Gedanken bei Lucky jogge ich mit Bobby meine Runde. Dank eisernem Training ist das für mich wieder zur Normalität geworden. Zu Hause angekommen, empfängt mich Philip mit einem seligen Lächeln auf dem Gesicht. Er kommt mir entgegen und kann seine Freude kaum zurückhalten. „Ich schenke dir Reitferien mit Shila", sagt er stotternd und ich bin erneut sprachlos. Verdutzt starre ich ihn an. „Bitte was?", frage ich leise und voller Sorge, das Falsche zu sagen. „Du kannst mit Shila in die Berge fahren. Natürlich mit Julia zusammen. Genau wie damals", erklärt er mir wieder und ich bin immer noch nicht ganz sicher, ob ich ihn richtig verstehe. Fragend sehe ich ihn an. „Ich habe mich nun wirklich damit arrangiert, dass du wieder reitest, und es macht mir nicht mehr so viel Angst. Ich verfalle nicht mehr ständig in Panik, wenn ich weiß, dass du im Stall bist. Also möchte ich, dass du deine Erinnerung an diese wundervolle Zeit da oben wiederauffrischen kannst. Du hast ja leider einen Großteil davon verloren und das schmerzt mich." Damit endet seine Ausführung und ich bin platt. Damit hätte ich nun wirklich nicht gerechnet. Dass ich den besten Mann der Welt geheiratet habe, wusste ich bereits vorher. Aber jetzt bin ich wirklich total sprachlos.

DIE AUTORIN

Daniela Hümbeli wurde 1987 in Heiden als Tochter eines sizilianischen Vaters geboren und verbrachte ihre Kindheit in einem kleinen Schweizer Dorf. Nach der Grundschule absolvierte sie eine Lehre zur Kauffrau, arbeitete anschließend einige Jahre als Assistentin der Geschäftsführung in einem Unternehmen, um sich schließlich im Jahr 2007 mit einem Nagelstudio selbstständig zu machen. Sie ist verheiratet und lebt gemeinsam mit ihrem Partner in Steinach am Bodensee. Ihr Leben bereichern zwei Pferde, zwei Hunde und zwei Zwergziegen. Im Jahr 2017 hatte Hümbeli, die seit ihrem fünften Lebensjahr begeisterte Reiterin ist, einen schweren Reitunfall und lag für einige Zeit im Koma. Fünf Jahre nach ihrem Unfall verfasste sie ihren Roman „Mein Kampf zurück", mit dem Ziel, die Gedanken und Gefühle, die sie seither begleiten, endgültig zu verarbeiten.

DER VERLAG

VINDOBONA
VERLAG · SEIT 1946
ein Verlag mit Geschichte

Bereits seit 1946 steht der Vindobona Verlag im Dienst seiner Bücher und Autoren. Ursprünglich im Bereich periodisch erscheinender Journale tätig, präsentiert sich der Verlag heute als kompetenter Partner für Neuautoren am deutschen, österreichischen und schweizerischen Buchmarkt. Engagement, Verlässlichkeit und Sachverstand – das sind die Grundpfeiler, auf denen der Verlag seit jeher sicher steht.

Sie möchten mit Ihrem Werk das vielseitige Verlagsprogramm bereichern? Der Vindobona Verlag garantiert Ihnen eine professionelle Prüfung Ihres Manuskriptes durch das Lektorat sowie eine zeitnahe Rückmeldung.

Genauere Informationen zum Verlag
finden Sie im Internet unter:

www.vindobonaverlag.com